| 淡江五虎崗文學獎 | 得獎作品集 |

夏天已然過去

林偉淑 —— 主編

淡江大學出版中心
TAMKANG UNIVERSITY PRESS

CONTENTS

目次 CONTENTS

新詩

散文

小説

我們錯過的春天

林偉淑　二〇二〇、九、十五

在夏天來臨之前，我們就已錯過了春天。

二〇二〇開春後，我們迎來一場改變了生活型態、旅遊習慣、學習方式的全球性疾病。在學校裡，我們面對面的學習被切割成遠距的／現場的教學，分流成螢幕裡／教室裡的課程。我們戴上面罩、斷絕交流，人與人之間的互動減至最低，名之為安全的社交距離。疫情扭曲了日常，停止了我們曾以為的，身處地球村的自由與便捷。如今，我們被遮掩一半的面容，只留眼眸與世界交會。

然而，在此之前，我們就不孤寂嗎？

時序已至仲夏，全球還有許多國家，依然在新冠病毒帶來的疾病風暴中。如果說，疾病是一種隱喻，當身體為病痛所苦，當所有人的生活都恐懼於疫病時，疾病究竟揭示了什麼？未來，我們將如何回顧這場人類與病毒的戰爭？世界又將會以何種面貌，延續我們曾習以為常的靜好歲月。

今年是五虎崗文學獎第36屆，又適逢淡江大學70周年校慶，本該歡慶並擴大舉辦，但因為疫情，學校裡的大型活動、國際學術會議全都延期或暫停。還好，文學創作本就是孤獨的，在這些片刻裡，人們也只能獨自地感受世界的巨變，因此，我們仍照常舉辦文學獎。值得記錄的是，為了使校內複審委員，以及校外決審作家能安心審查稿件，我們將所有作品，送至學校圖書館設備組，以紫外線燈滅菌後才封袋寄給審查委員。第36屆五虎崗文學獎在二〇二〇年五月十五日順利舉行，也圓滿落幕。

我們也在那張全體戴上口罩的大合照裡，見證這個歷史時刻，留予未來說。

本屆文學獎的徵文，共有三類：新詩、散文、小說。作品中，我們看到了不少透過文學與現實對話，例如成長的掙扎——渴望長大的少女，想要讓世界知道：「我可以在熱熱鬧鬧的過年，自己回台北工作，我是成熟的大人啊，我很符合社會期待，我的獨立堅強是那麼充分，以至於在此刻能夠通過考驗，承擔寂寞。」（〈玩笑158〉）以此來抵抗社會普遍認知的，替他們貼上的草莓標籤。然而，這樣的掙扎，其實是每個世代都經歷過的：「可我眼前所見的，

每個明天，都是崖。」（〈玩笑158〉）

當生活耗損我們的身心，徒留負重滯行的細節感受。而這些快樂悲傷，或深或淺地潛入我們的身體中。當情感所一再詠歎關於失去／死亡／傷痛的記憶：「這些都是身體記得的事。」（〈覺知〉）以及：「一切一切都太過熟悉，最後支撐自己的，竟剩身體的記憶與熱情。」（〈玩笑158〉）

這個世代似乎對於身體感知，更為明晰：「當孩子半夜哭鬧的時候，隔天你都能發現他學會一件新的事情。慢慢理解這種聲音，實際上帶有生命與成長的意義。」（〈覺知〉）

成長是不斷地返顧，又不斷地前行。〈打嗝〉則是很細膩地將現實的困頓以身體的反應——打嗝——來表現：「簽斷一些戶政資料，在工作人員的反覆確認之中幾度出神，將原本記憶中反覆黏膩的部分以外力分割了一個現實的距離。我確實在發夢，令我不可思議的是我的身體仍在運轉。」「像是奔跑一樣，從童年裡一直渴望踩踏的退潮濕地，一路跑進都市裡，成了我這樣一個身體不適的成年人。」此外，在〈知己〉一文則把情感寄託在書寫所用的物質鋼筆上，同時在鋼筆書寫的儀式感中帶來浪漫情懷。

時間終究會過去，青春會消逝，唯有文字能溫熱歲月所留存的記憶，生命也以自身示現困蹇，以面對或者抵抗存在的困境。如同〈Right Now〉所言：「饑荒、疫病和恐懼同樣在感染著全世界的人們。這次的世界大戰沒有任何人能夠倖免。」「千萬的生命慢慢迤邐，渲染出生死交錯的高亢樂曲；荒蕪破敗之下，無窮無止地吟哦沉寂。生命之上堆疊著更多的生命，死亡之下積累著更多的死亡。」

五虎崗文學獎文集能出版，要感謝淡江大學出版中心的全力支持，以及策畫出版；感謝所有複審老師，以及作家委員，謝謝您們的評審以及給作品的許多美好建議；感謝所有努力寫作並且投稿的同學們。最要感謝的是第36屆五虎崗文學獎的工作團隊，我總愛戲稱我們的總召——于月同學為「于月大人」，謝謝于月大人領著一群愛好文學的小夥伴——謝謝你們精彩的文宣、宣傳影片以及活動設計。感謝我們一起完成第36屆五虎崗文學獎。

當然，得獎榮耀了創作之路，但是文學創作並不是為了獎項服務。所以，愛好文學的小夥伴們，也請繼續努力，持續創作，書寫這世界的美善與陰暗。

最後，關於書寫，如同安伯托・艾可在《一個青年小說家的自白：艾可的寫作講堂》裡告訴我們：「敘事文是宇宙等級的事件。為了講述某件事，你必須像個造物主般創造一個世界，這個世界必須盡可能造得準確，如此你才有把握自在穿梭其中」、「一個作者創造出一個特殊的敘事世界之後，文學就會從此流出。」

是的，文學就是不斷掘發這世界／生命／個人存在的意義，透過書寫能展示我們的愛與悲傷，擁有與失去，以及疾病蔓延之際的困惑與迷惘。文學創作，就像天空的雲彩，也像大自然的麗景，它渲染揮灑如畫，我們在這一幅又一幅的畫作之中，我們同時也在建構與消散之外。也因此，唯有書寫，才得以使這一切，永恆。

表達自我、心理與靈魂秘密，想像穿越不同的性別、種族與世代，甚至最後到場聆聽各方名家的公開審稿會議，都是大家爭取靈魂與技藝成長的不同形式。起步雖然微小，但星星之火，未嘗不能燎原。祝福且期待五虎崗的種子們繼續創造未來。

新詩

PART 01

過完七月

洪筱婕（中文四A）

在獨角獸的體內甦醒
整張七月透明
黏稠的膜
我清醒的時候牠流血
說謊的時候牠歡愉
日子還沒破

七月裡一座半島被肩帶割裂
我們的經緯被撐開了些
考慮過你的嘴
冰敷曬傷的植被
你仍走失在

我上古的字體間
靈魂打起更遠的雷

你起伏的喉結
就把熟艷的果實摔碎
你拭汗而殘留的
衛生紙屑
與我粗心
嚥在心頭的籽
一起落了地
使我誤解
你是我的另一面

七月別再說更多的祕密
就看著蚊子的鬼臉
在搖晃的公車裡睡去夢裡
你的影子被陣雨洗得清晰

夏天已然過去

鐘宇婕（中文二B）

九月，你最後一次將夏季的消息帶來
如同知曉花的死去
是整個季節最大的傷痛
我們對坐，在即將變天的星期六
面對這場盛大的衰亡

夏天，多有雨
豐腴一同栽種的植木
讓孕育生命於我們之間成為
獨立而隱晦的語言，那些——

我們曾經憂鬱的

共同未完之夢、各自的嘔吐
都將在這個季節
被未知的天氣帶走
並無人能再憶起
這荒謬的，一次性情慾

如今，九月已然過去
我們不再干涉彼此的盆栽是否安好
不再談論氣溫，或是低語
在夢與醒之間
想起你送的紫薇花
正安分地綻放一段
偶然於夏，聽聞的野史

一月時我們共同失卻的晚風

許聖傑（中文二B）

很多事情就這麼忽略了
彼此接近，復又無處可躲
街道的行徑者背對起昨日的哀愁
輕易遺落的季節，在一月。

沿路上：結盟著獨行的預感
世界轉身，形成湖泊
反覆撞見的岔路
一如我們說過的蜿蜒的謊
不得不淪陷
不得不承擔

二月時我們共同失卻的晚風
像語言的內裡閉鎖著遠方
且流放——春日乍臨之際的
瞬間，我成為
一個削得極瘦極薄的人

而我再次路過下午——
成為一扇窗
為永遠執著
緩緩行走至逃亡的縐褶
從溽熱的時間透漏出一點倦意

背身之後，趨向
並肩疾走的可能性：
各擁一座城市，指向交談的道路
容許被主張的生活

夏天已然過去

因而引發總結……
因而滾落這次與下次的日光
因而遠遠地
遠遠地遠遠地
向生活無解的問題交換
一次一無所獲的差錯

想開

在無光的電梯裡
望著門縫橫越入室的光
（壓）不亮的數字鍵
向光動物本能的渴望
睜著眼祈禱
細碎的呢喃匍匐寄生於明天

門外的人融在光裡，要求我
讓傷口汩汩淌出謊言
灌溉腦中盛開的荊棘
小小的鋸齒撕扯出遍佈全身的殘月
若能按鍵，就能踏出

黃于真（中文二A）

夏天已然過去

鏡面玻璃映出的人影是否仍
　——呼吸會痛

尖叫淹滿喉頭
鐵壁痙攣內縮
四樓的鍵反覆閃爍
（・・・——・・・）
　你透過門縫看我，
　（・・・——・・・）
　　或不看我。
　　（・・・——・
擠壓扭曲的骨骼敲打出暗號
黏稠的靈魂還在擦拭滿地的污穢

「想開就好」
你要我加油
電梯下墜時我努力站直身體

個人式感傷

李家郡（中文四B）

肩胛突出
和脊椎的空處
令人覺得缺失一塊
本不屬於自己的東西

受傷時，下意識撫摸疼痛
將身體捱著牆
維持當時的觸感
避免作一場失足的夢

走向群體
遺落的感覺更清醒

夏天已然過去

跟人交談
語速成為鏽蝕的齒輪
轉動出一股酸楚

半密閉空間
留有汗和體溫的把手
衣物摩擦聲響
氣息與別人同進同出
都成為一種暗示

主體在此刻成為原罪
人骨子裡排斥地心和日心說
又深深畏懼宇宙的廣袤

我們渴望與任意物結合
壯大自己的聲勢

使用他者填補孤寂
做不可描述的事
竟也成為個人式感傷
停下來。指著窗外
：你看見了嗎
尚未被命名與紀錄的星

散文

PART 02

玩笑158

洪筱婕（中文四A）

【公告】

自本月起，自行排假四天，另四天由公司安排。早晚班人員同一日不得超過二人同休，如有衝假則抽籤決定。

收到。

收到。

收到。

「請問這是給工讀生的規定嗎？」

「沒有，給大家。」

今天是大年初三，我拉著小行李箱離開了打工的飲料店，對面水果攤的阿姨問我：「要回家啦？」我說，對啊。隔壁賣沙威瑪的大哥請我幫忙帶干貝醬跟黑糖糕，街口在前，他們對我吆喝著要小心，行李箱在腳後一路發著悶響，趕赴機場。

在這間飲料店打工將近一年了，過年前老闆召集大家開了一次會，「過年快到了，請大家協調一下休假的日期，避免過年期間人力不足。」大家應了聲點點頭。事情總隨著人散而蒸發了，好像沒什麼必須在意，若有，那也會成了太突兀而不討喜的東西。所以過年就剩下我和另一位工讀生了。

於是在除夕那晚，在家吃過除夕飯後，我便獨自拎著包包上了空蕩的飛機回到台北，離開家門偷掉了眼淚，送我到機場的時候，我表哥問我：「初三要不要回來？」我拉高聲音，夾一點乾笑應他：「我也想呀哈哈，但總覺得都回去上班了又跑回來，怪怪的。」到了航空公司門口，他說：「想回來就回來啊。」一年節喜慶，機場作為一個別逢的場域，尤其是在團圓夜的一文化時間裡，我初見其中冷清，比我無辜的多。人太少了，我見到值班人員便暗自心生英雄相惜之感。這些寂寞和酸澀都在印證自我執著，我用心投入自找卻無助的背景，以成就那個孤身坐在候機室的少女，少女渴望長大，眼巴巴的想要讓世界知道「我可以在熱熱鬧鬧的過年，自己回台北工作，我是成熟的大人啊，我很符合社會期待，我的獨立堅強是那麼充分，以至於在此刻能夠通過考驗，承擔寂寞。」

和我上班的另一個工讀生叫吉米，是和我同一間大學的學弟，高瘦捲髮雙魚男，我剛來打工的時候，他總一個人在廚房後頭埋頭做事，我們一路從開店上到打烊，體力的耗損是一種，就像操作過久而發熱的機體需要冷卻，人體則大略需要睡眠或飲食，代價可償。而另一種耗損則像是無形的瘤，擴散心胸意志，當下很難判斷是良性或惡性的，往往發現自己壞掉的時候，早已面目全非。

控制人力和監督主導的是正職佩琪，她和吉米早有疙瘩，檯面上鬥能力，檯面下比薪水，人際關係乃職場絕技，可惜我們都沒有這一身武藝。稍有閒暇的時間，佩琪便到我耳邊悄悄話，大抵是「你看，你們這兩天賺的是158 double，一個小時花三百多給你們，結果他根本不值這個薪水啊。」好難，我可以低聲細語的用技巧話術向客人推薦飲品，甚至鞠躬道歉以客為尊，也可以在生意興隆的時候，分飾三角，點單趕杯加包裝，或是到後場當小廚娘，熬冬瓜煮珍珠，但是我想不明白，怎麼樣的人值158？或者說，凡人生父母養的云云眾生裡，怎麼樣的人不值158？我又該用什麼作為其中的參考值？是時間抑或能力？

好不容易熬到初三，其他工讀生回來上班，換掉制服，拿掉敬業式親切，放下馬尾，從窘困緊張的人際夾縫逃亡，求生需要意志，以志度日。我是每天都有好多話要說的青年，期待豐盛的生活，傾力於經濟累積以爬上馬斯洛三角形頂端的自我實現，可是往下一看，底下厚厚盤據生命的愛與需求又該如何滿足，所謂的經濟積累與獨立，最終只能退而求其次的希望生存不被經濟拖累，若一生形而下就是一個正三角形，可我眼前所見的每個明天，都是崖。

當晚群組傳來了公告，也看到同事們機械式的「收到」，我覺得很不對勁，也很不甘心，試圖和店長溝通，店長卻又聲東擊西，顧左右而言它。正職與工讀的休假上限相同，正職卻擁有底薪與權力的保障，工讀生卻只能被剝奪原本的自由？我要求和公司有進一步溝通的機會，我像叛逆的革命分子，我要把這其中權力結構的不平等看個透徹清楚，而不是唯唯諾諾的一聲「收到」，寧可餓死也不笨死的左派工讀生，或許有天會逞壞了自己，但今日仍然相信天地有正氣。

後來我才知道，原來是初三回來上班的男同事向店長抱怨了一些，大抵是初三後都是他們上班，而我們就逃之夭夭了。我像是用肉身去擋上一車朝向自己衝撞而來的惡意，所幸這回速度還不快。我只歸結出一社會化的論點，崇高精神的自我陶醉與安慰都是虛無的，做的多少都不重要，被看到的才是實在的。用數學的邏輯來說，我所付出的時間與勞力，甚至是精神等成本集合，和來自上司的「被看見」集合，相疊之處肯定是太少了。

這抱怨的同事叫昕哥，雖然年紀比大家略小，但因為他的個性敢怒敢言，上班的時候每小時需要抽一根菸，有點架子，所以佩琪叫他昕哥，高大黝黑的男孩子，大家聚在一起的時候，酒量特好，老愛招大家喝酒划拳，手腕高明，第一次聚會KTV吉米便跟他較量，隔天吉米怎麼也沒記起自己如何回家。

平素我跟昕哥也算相處和睦，時常對我開些小玩笑也任他嚷嚷就過了，倒是有一回，這惡意真是重力加速度的撞上來了。因為手上固定有家教的案子，所以有一時段是無法排班的。那週恰逢學生學校有活動，跟我請了假，我和幾位較為親密的同事聊著，此時昕哥興致盎然的湊過來發表：「妳是用身材誘惑家教學生嗎？哎！妳也沒身材呢！這餐都點不好了，還接家教啊。」一面對一群沉默的女同事仍然笑開了嘴。太沉默了，不適感瞬時掏空了力氣，而那張笑聲顯得那麼銳利刺耳，是失控打滑的摩擦，一巴掌的撞上我的面目，我整個人垮了下來。

店長輾轉得知了這件事，昕哥的說法是：「我就是開開玩笑，況且之前開玩笑她也沒生氣，何必反應過度呢？」於是店長也用漠視來同意了這場「開玩笑」。意外總是有可能發生的，除了狹義來說的意外本身，其實真正烙下傷痕的，是原本深深相信自己會被保護和尊重的單純，如此全然而絕對，如此理所當然，卻回神驚覺現實並不然，粗糙與便宜的回應，信念的衝擊與瓦解，是出人意外的意外。

也曾彼此溫柔相待，不計家世學歷，不問時數薪水，就為並肩奮鬥的四小時打氣鼓勵，面對客氣的或無禮的客人一起擔負與怨切，也能一起吃肉喝酒，言不及義而相識相伴。下了班拉了鐵門，就坐在店門口那盞路燈下，各個疲憊的臉黃晃晃的，一根菸時間裡，有過以為誰可以接住誰。

「您好，今天要喝什麼呢？」、「甜度？冰塊？」、「請左手邊稍等哦！」日復一日的，這些融進意識而不假思索的語句，慣性的依冰塊甜度條件舀冰、壓糖、下茶，然後再把茶量用盡的茶桶裝滿，不同的茶葉需要準備不同的克數，所需要等待的時間也不同。「鏮啷鏮啷……鏮啷鏮啷」製冰機相隔同樣的分鐘後，就會反覆再墜下一層冰塊。

一切一切都太過熟悉，最後支撐自己的，竟剩身體的記憶與熱情。過去的溫情融化，隨著時間流去，人性像等著被倒掉的茶渣，曾經在適合的溫度裡用力的開展自己，釋放香氣，成全濃郁，在某個乾淨的午後瀝乾，赤裸而醜陋。

街道瘦老，左鄰右舍的攤販阿姨大哥記得我，時常在我上下班時，跟我招呼，發動摩托車要外送時，就吆喝：「妹妹，騎慢一點喔！」這些時候我就發現自己在喘息，無爭的時候。

那樣明媚的午後，也會讓我想起高中下午的英文課，有同樣的大片陽光，和肉眼可見空氣間的微粒分子，我坐在班上功課最好的女生旁邊，她總是很認真，而我老愛出神，但在那個位子裡，我好安心，總不覺得自己差了別人什麼，或做錯了什麼。日子推移，光線灑在我面前的櫃檯，我竟不斷想著，在這職場上，我差了什麼，做錯了什麼。反省自己一事無成，或又是心高氣傲，沒有專業，又不耐出賣勞力的活？不，我是吃的了苦的，那麼，我是員工做不好？還是做人做不好？

「我要說的是，我打算就做到這個月結束了，謝謝你們。」真誠鞠躬，同時說出這句話的時候，幾乎都還能想起那些甜蜜，所以感激，也值得哭泣。店長和佩琪試著留住我，「是最近有點低潮吧？別在黑暗裡做了會讓自己後悔的決定，要愛自己。」、「據我所知，做行政應該薪水也不高，妳就留下來再賺點錢吧。」

到了最後一天上班，因為有幾位同事同時休假的關係，所以又是從開店上到打烊的一天。「因為明天還是太多人休假了，再幫忙上一天班好不好？」佩琪扭到我旁邊央求，我想起群組裡的公告，笑了出來，輕輕搖頭。

覺知

李家郡（中文四B）

我搬了幾次房子，沒找到理想的。

我不是自覺要離家遠一點，卻填志願到離家最遠的縣市。高中即將畢業的時候，在臉書的新生社團看到訊息，同系的問說要不要一起租家庭式的房子，我回覆了，但根本沒有人真正去連絡房東。只好住進學生宿舍。住進宿舍都是由於地利之便，好比同房的還有一位屏東人、花蓮人和日本人，日本室友中文說得很流利，我原本以為不會有溝通障礙。

大家的生活作息都很規律，另外兩位室友到隔壁房去住了，只有洗澡和拿書的時候會回來，剩我和日本室友共處一室，他的位置有很多遊戲機，實際上也花了大把時間在上面，每當我回到宿舍不是看他玩遊戲，就是補眠，到了晚上，他固定會在十二點出去、兩點回來、四點再出去、六點又回來，然後終於肯好好睡覺。我每晚陪他清醒。

宿舍的門是沉重的鐵門，又故意設計成有防盜效果，要很用力推才能推開，金屬卡榫撞擊的聲響大於睡夢連連的招喚，何況是每晚頻傳的噪音，使我驚醒、氣憤，打算要找時機跟他說，這不僅僅是設備問題！眼睛睜開的時間裡，等待他的歸來，明顯感受到深夜耳朵運作的能力是最好的，太安靜了，所有聲音都被放大好幾倍，我靜靜地聽著走廊上的腳步聲，漸漸能預知他何時將走進來。

他感應門卡，推開房門，動作迅速確實，只有夾腳鞋的啪噠聲拖沓著，當我看到他，整個人都氣餒了，說不出任何一句話，他掠過身旁，彷彿我並不存在。兩人同時戴上耳機，我打開ICRT，讓巨大的廣播音量遮蓋一切，他則回到遊戲畫面中，彼此的世界隔絕了起來，我卻仍然感受到他的存在，耳機蒙蔽了聽覺，觸覺就愈加敏感，就算望向天花板，我也能看見他的一舉一動。

快四點仍睡不著，直到感覺椅子挪動、螢幕關了，我悄悄下床，跟在他身後，注意走得慢一些，步伐再稍大一些。他來到宿舍的共用冰箱，拿出吐司和牛奶，坐在公共區域的沙發上邊滑手機，邊嚼了起來，不知道是我太累，還是他的神情，時間開始漸趨緩慢，直到牛奶甚至來不及浸濕吐司的邊角，陽光才漫進了凝滯的空間。

下學期終於離開那裡，離開前，小心翼翼地將門把轉開，再仔細闔上房門，沒聽見任何聲音，便心安理得地離開。

打算開始新的生活，那種能力卻已經根植在體內，我會知道502號房有幾堂早八、上了網球課，最喜歡酷冰藍莓口味的口香糖；505會睡到下午一點，睡醒時準備點開foodpanda，最常叫咖哩，有時會換成燒臘；501換了幾次房客，最新一任喜歡聽音樂，有時會微微傳來另一種音樂，那是他女朋友愛聽的歌。這些都是身體記得的事。

搬過去一陣子之後，輾轉聽到前室友對我的評語，屏東人跟花蓮人在聊天，他們都以為我有自殺傾向，因為我時常不開燈，靠著窗戶往外看。他們說的應該是周末吧，日本室友去踢足球了，我獨處的寧靜的時光，曬曬太陽、看看夜景多麼美好啊，望向底下的中山北路車水馬龍、小攤販的吆喝聲，都更富有生命力與積極的意涵。他們的推敲並不是真的；儘管是真的，我也在嘗試自救。

我明顯感受到自己的孤獨，注意力都放在生活周遭的瑣碎事項，只在意能不能不被打擾。我也曾試圖跟朋友聊過天，不斷抱怨種種遭遇，朋友就分享自己住的地方也有層出不窮的問題，像是對面住戶幾點了還在唱歌、誰也關門很大力之類的。人們有時不知如何安慰別人，用話題延續話題，但有時我更願意這麼過下去，聽見別人與我有同樣的生活。

在外租屋一樣有關門的聲響，隨著時間的推移越來越大聲，我漸漸變得不耐煩，明顯是調節能力出了問題。人人有自己的房門，還有一個共同大門，每當我聽見鑰匙插進大門的鎖孔時，心裡早有一個聲音冒出來，耳朵是後來才聽見；房門打開時，我知道，接下來會是喀碰的巨響，分貝在心中往往是倍數疊加。日子一久，越想越憋屈，煩躁的情緒也重沓而至，心想為什麼不可以像其他人一樣毫不留情！所以適逢鄰居關門很大力的時候，我就往牆壁一頓拳打腳踢，或蓄力將鐵房門用力關上，老舊的房屋結構晃動至少三到四秒，轟鳴讓我內心頓時沒了想法，連嗔念都不敢妄生。

反省起來，只有滿滿的愧疚與荒謬感，我很後悔作了缺德的事情，此後再也沒有底氣說話了，沒有辦法再跟房東反應，或是貼任何紙條，因為我無法心虛地講出任何理由。從道德高壇跌下來的內傷，讓人過得越來越渺小。心中的恨意沒有消除，它使我睚眥必報，連人家在房裡的細瑣聲音、跟朋友聊天的笑語，都會令我煩躁不已。內心平靜不過是另一種惡性循環，平靜下來後，聽力就不減反增。

百方用盡，覺得自己原先的小惡小念，逐漸演變成不可收拾的疾病，為了度過世間種種，只好開始播放大悲咒、聖歌，用一種宗教式的信念來匡正自己，或是唸叨「非禮勿聽」、「五音令人耳聾」、「馳騁田獵令人心發狂」，以控制身體不自覺的記憶。只因我想重新開始，決定當個好人。

聯絡新房東準備再搬一次房子，畢竟搬家就好像投胎到下一個軀體，人們獲允用新面貌示人，沒有人會知道你的原罪是什麼，我們自己也會暫時遺忘。

噪音的問題還是有，但我學乖了，我先加了鄰居的LINE，選擇在非常適當的時機去聯繫，比如連他們都自覺有點過分的鬧動時，慚愧的就不再是我一個人，對方也會有點支吾其詞。然而在對話的過程中「不好意思、不好意思」這個單詞重複出現了十幾次，這讓我有點嫌棄自己過於鄉愿、低聲下氣的劣俗感，況且沒有換得真正的平靜，這場交易是不公平的，他們還是一樣從深夜玩到凌晨才甘願散會，聲音逕自遊蕩在我恍惚的清醒中。

這學期我回家的次數變多了，連搭火車都會暈車的我，開始能在車上補眠，直到沿途風景出現了一排一排的檳榔樹和高高架起的鴿舍，提醒我要下車。鄉下清晨會有麻雀、八哥在冷氣與屋子的間隙處打鬧，從我房間的窗外望向田地，你將會知道風的聲音，以及飽滿穀穗摩擦的清脆聲響，直到割稻機出動、耕耘機翻土，群群白鷺鷥緊隨在後，拍打振翅，你都能聽見。到了半夜，家裡有我的兩位姪女加一個姪子，哭聲宏亮震人，睜眼時不禁想起之前看到的一種說法，當孩子半夜哭鬧的時候，隔天你都能發現他學會一件新的事情。慢慢理解這種聲音，實際上帶有生命與成長的意義。

我取消耗時最久的莒光號，改搭高鐵回台北，長期以來我都在逃避，不敢回家，賴在圖書館、淡水河岸，想盡一切辦法拖緩自己的腳步；還問過很多人，包含看不見的 上帝與佛祖，如何處理這段關係？曾有朋友留言，最好的方式就是跟鄰居當朋友，但是這需要機緣，而我只是想好好回家、好好休息。在火車上太無聊，就胡思亂想，突然發現我竟然忘記前鄰居505的名字，以為自己休養有加，當成遊戲不斷地猜：是姓呂嗎？是姓張嗎？

回到租屋處以前，我繞去黃昏市場，跟攤位上的叔叔阿姨聊天，買了兩斤水果還有一些小點心，再分裝成四等分，打算去向鄰居登門拜訪，順便聊聊彼此的生活習慣、反應自己的處境與想法。途中有位同學在我還沒開口時，就率先關心我住得好不好、適不適應？我愣了一下，微笑並點點頭，將禮物交給他。

後來，偶然在學校看見一位身影很熟悉的人，尚未認出來，對方也看見了我，四目相交至少五、六秒，便擦身而過，我的心情很平淡，對他再激不起一點波瀾。那是我人生第一位室友。

知己

許瑋哲（中文三B）

我很喜歡用鋼筆，也許是想模仿電影裡，企業簽了紙什麼合約；也許是喜歡轉開筆蓋後，用耀眼的筆尖在紙上揮灑，感受不同於鋼珠筆，有些阻力甚至刮紙的書寫手感。但我想最重要的，還是因為在我心目中，鋼筆具有著相當難以取代的成長意義，以致於潛意識中鋼筆代表著「成熟」。印象中，阿公總在豬圈和田地間打轉，每每看他獨自坐在客廳記錄著：今天向阿梅借了幾斤飼料、還給老陳多少錢、這一次採收蒜頭，應該再多雇幾個手腳……。阿公寫字總是用剛撕下來的日曆紙，或者是喜年來蛋捲的紙盒背面，使他手上的「都彭」鋼筆顯得講究得過分而不搭嘎。筆蓋轉開，一手好字就這樣信手拈來，我從來沒聽他問哪個字應該怎麼寫、該怎麼念，更多時候是我端著作業簿和SKB的木頭鉛筆問道：「阿公，某某字怎麼寫？」阿公也沒念過書，更遑論小學畢業，那手字到底怎麼來的，到現在還是讓我匪夷所思。

我的爸爸也用鋼筆，但他比阿公要遜多了！阿公的鋼筆是拿來「寫」的，守著本分的供墨到筆尖去留下筆跡，這樣身為一枝「筆」才痛快嘛！我爸就不一樣了。印象中，他總是一邊看著PDA，一邊對著手機裡講著什麼一串數字，再來便是什麼「聯電」、「台積電」一類我似懂非懂的術語，死死地盯著電腦螢幕上的紅紅綠綠，找個空檔便抄起桌上的鋼筆把玩著，標準的漆黑筆桿、胖胖圓圓的筆身就在他的指尖繞啊、轉啊。爸爸的鋼筆不清楚是什麼品牌，但從他每次把玩後就將筆用麂皮布料包好，謹慎的收進盒子裡，我想這枝鋼筆應該是爸爸的珍品。儘管貴為珍品，但我還是暗自為那枝鋼筆叫屈、覺得那枝筆可憐。一枝變成玩具的筆，功能不是供墨而淪為遊戲，我想他的苦悶就跟筆身內滿腹的墨水一樣，無處宣洩。

我已經不太記得我是何時第一次接觸到鋼筆，比較有印象的是有回在家裡的書房翻出一枝鋼筆，漆黑的筆身、以旋轉來開啟的筆蓋，對於當時慣用鉛筆的我來說，確實是視覺和觸覺的衝擊。我下定決心「明天就帶這枝筆去上課！」，到了學校，我從筆袋裡掏出鋼筆，在同學們面前秀出這枝又胖又粗的筆，大家看都看呆了，爭相想借過筆去掂一掂，感受一下這種宛如電視、電影專屬道具的文具。不得不說，小孩畢竟是不適合用鋼筆的，鋼筆很重，但小孩的手指骨又軟又細，沒辦法長期執著鋼筆書寫。再加上小學的書寫需求不過甲乙本的生字練習，無法用擦子修改，容易漏墨、溢墨的鋼筆，理所當然不是小學生的好選擇。這枝意外尋得的鋼筆，一個禮拜後便被我打入冷宮，重新拿回筆幅0.5毫米的自動鉛筆。

如此隔了好多年沒用鋼筆，也就忘了自己使用過鋼筆。國小畢業時，我收到一枝作為畢業禮物的鋼筆，當時對鋼筆不甚了解，更別說知道他是什麼品牌。對這枝筆我是深愛的，雖然只是塑膠製的筆身，但上面鐫刻著我的名字和受贈日期，以金色塗漆醒目，讓我很樂意去使用他。作為日常的作業書寫、數學運算我並不會使用鋼筆，更多時候使用的是三菱的0.38中性筆交代課業。

小學畢業後，家人執意將我送往私校升學，私校的路程離家遙遠，開始了我住宿的中學生活。又因為我從小的個性異常的暴躁，或者說非常的叛逆（從父母三天兩頭就被叫到「訓導處」把我「保釋」出來；常常放學時間未到，就已經溜得人影不見，搞得要報警尋人，不難理解此生性格頑劣）。青春期初期，強迫我報考私校並堅持要求我就讀的行為，使我對家人產生很大的不諒解，甚至是深深的怨懟。當時我固然是很叛逆的孩子，但一個十二、十三歲的小男生初離家，或許不捨、或許不願又或將住校理解成「被趕出家門」的不甘。使得每次假期結束後，在家等返校公車前的一段時間，我不是哭得一把鼻涕一把眼淚的，就是放任情緒暴走，可能是對人出言不遜，也可能是拿根球棒亂砸一通。臺語有句話說「惡人無膽」，我再怎麼差的個性，進入到我家地區以嚴格管理著名的私校後，也不再允許我的任誕妄為，強制加註中規中矩在身上，我成了隻病貓。心情的暴走和鬱悶，再加上外在的壓抑，使我在中學開始（或者說是不得不）整理自己的情緒。說是整理情緒的手段，也並不多高超，只是在那個將自修、讀書視為「休閒調劑」的環境，提著鋼筆寫寫字會讓我感到愉悅，我畢竟是幸運的。

因為對家人的不諒解和衝突，加上我悶騷的個性，不願意對人敞開心胸，以致心情的抒發就牽拖到了筆上。我心情好會拿張漂亮箋紙抄抄納蘭性德的詞；心情差就隨手抄起一張廢紙，寫滿不堪入耳的髒話或內容。有事就提筆寫字，沒事就找事寫字，貪得多寫幾個字，和筆多相處一點，於此同時，鋼筆從原先的喜歡昇華到了愛戀。和鋼筆相處下，大量的書寫轉換成了寫日記、箋紙的習慣，也漸漸確立了使用鋼筆的「時機」。鋼筆不是隨便用；字也不是隨便寫，能讓鋼筆「出鞘」那肯定得有些特別。

往往在結束學校的夜間自習後，回到宿舍寢室後也不開燈，只留書桌上一抹鵝黃色的微光，翻開手帳、日記本，手執鋼筆去感受筆尖的開合、劈岔，讓當天的記憶跟著墨囊中的墨水，受紙張的毛細現象一起曳引而出。有時我會藉著一盞燈、一枝筆，天花亂墜的寫到深夜，把睡意直接帶到隔天的課堂上；有時也就索性只寫了一句話，甚至一個字就早早闔上本子。不論如何我不會不寫，因為我必須寫，就像跟這枝筆約好了，筆在等我寫他，我也等著寫他，他總沒爽約，我不好辜負人家。對他的愛戀最終轉為依戀。鋼筆就是我的精神座標，墨水是食物。

也是在國中，寫鋼筆已不只是我的精神的被動投射，反倒會因為寫鋼筆而忽喜忽憂，那是只屬於她的鋼筆字。

我學會了寫情書，甚至抄寫古典詩詞。司馬相如、范成大……等詩人詞人都曾替我傳情達意。而且，只要指名給她的文字，內容字斟句酌不說，選用的信紙、箋紙，到墨囊所添的墨水無不講究，給她的紙張磅數不能太低，給她的墨水不能太差。為此，我特別添購了一瓶30毫升要價550元臺幣的進口墨水（平常我只用50毫升120元的便宜墨水，550元的墨水實在天價）專屬關於她的一切書寫，她亦很享受著我開給她的箋紙、一張張純純的感情。一回我好玩的添了家裡的「萬寶龍」寶藍色墨水，繼續帶到學校寫箋紙。我確定她不喜歡藍色這個顏色，用寶藍色寫給她，純粹是想看看她看到「萬寶龍」墨水的表情。人算不如天算，她不喜歡的是明度高的「天藍色、天青色」，這管深色的寶藍色墨水很得她滿意，「你之後都用這個顏色寫給我好不好？」我只好繼續偷裝家裡那罐「萬寶龍」墨水，從3/4裝到1/2最後到了不用針筒吸墨器便吸不起來的地步，被家裡發現後當然罵個臭頭，而我卻一點都沒有後悔的感覺。我想這就是所謂的「情竇初開」。一個人望向窗外發呆，突然卻又笑顏逐開；寂寞地等待她的回信，猜想交給她箋紙後，她又會出現甚麼樣的表情。只為了另一個人，0.38果汁筆甜甜的香氣、國中少女標配的娃娃字體。有時想想這字實在不符合中國傳統的「書道」審美美學，但足以讓我捧著她的回信細細品嘗，感受信紙上留有的餘溫、飄散著的氣味還有信封緘口的親手摺痕，細看她每個字的橫、豎、撇、捺、鉤。當時真的還懵懵懂懂，我以為如此的交往多堅定、多密切，我喜歡這種感覺，又或者說我享受這種感覺，因為一張信紙而惆悵失落、而難堪的狂喜，我不願，或不敢求進一步發展去破壞，因此到了畢業也就無疾而終了。

從此之後，我很少再將鋼筆提起書寫，讓它擱在桌上成了擺設。一回整理桌面，動作一個稍微大點把他給碰飛出桌面，筆尖應聲著地，金屬筆尖一前一後地劈岔著，不只摔，還壞得很徹底。我被這個畫面給震懾，不因為筆摔壞而心疼，而是筆著地時吐出一灘墨，從著地點輻射向外搞得地上「血」跡斑斑，躺在地上的筆，墨還不斷從筆舌汩汩流出。那墨吐得像重傷之人嚥下最後一口氣前，能在這世上做的最後一件事，怵目驚心。

筆壞後，也就更沒機會使用鋼筆，也沒有再使用的念頭。到了大學進入中文系，一次期中考前向同學借了筆記來複習，翻開他的活頁筆記本，一顆顆有骨有肉的字體、墨韻不一的線條構成的「詩選」筆記，那分明是用鋼筆所產出的字體。我仔細地端詳著他的字跡，撫摸著紙張想像他控筆的一收一放，並從紙張沒有暈墨、沒有漫漶的俐落，推測出他用鋼筆的熟練程度。我常用「心寬體胖」來形容他的身材，果然字如其人，就算是工整地跟隨著筆記本上的矩線，字還是常胖到超出格線來。他對我說：「我覺得，在這個人人都滑手機的時代，還會寫字甚至是寫鋼筆字的人，都有著無可救藥的浪漫。」我想起我也曾用鋼筆，而且很會用鋼筆。

中華文化的文人傳統有「惜字亭」這樣專為焚字、焚書而設置的燃燒爐。古典文人認為文字是用以傳遞知識和儒道的媒介，神聖而地位崇高，即便是習字用紙甚至廢字紙，也必須畢恭畢敬地有獨立的爐來焚。日本文化中亦有「言靈」一說，日人認為每個所說所寫出來的字都具有一「言靈君」，言靈可用以個人實現或發揚善念，也可用以詛咒或是毒誓。所以文字不得亂講、亂寫或亂用，每個字都要誠心誠意的用心對待，不許輕視。

我常覺得現代人對於文字的溫度感消失了，鍵盤、手機螢幕瞬間大量地敲出文字，使對文字的敬意蕩然無存。鋼筆很重，用鋼筆來書寫文字不出一個鐘頭會感覺到手腕的壓力和手指握持的酸痛感，也因此「字」顯得有重量，寫字快不起來，讓人全心投入。《小王子》中提到生活要有儀式感「使某一天與其他日子不同，使某一時刻與其他時刻不同，使人們想起那經常卻已被忘卻的事物。」寫鋼筆就是我的「儀式感」，使我用心感受生活、感受情感，重視文字。

鋼筆又叫做「萬年筆」，「萬」字透露出鋼筆只要保養得宜，能十年如一日的讓人擁懷在指間，甚至伴人一輩子。鋼筆也不適合借予人書寫，因其特殊的金屬結構，書寫一段時間後筆尖會有細微的形變，以符合主人的書寫習慣，使字越寫越順。有人管這種磨合期叫「訓筆」，我很不認同這「訓」字。筆和主人相處後，懂了人的習慣、角度和力道，配合主人調整自己的供墨和形狀，這是透過經年累月所煉出的忠心耿耿，說「訓」未免太不厚道了。

雖說鋼筆富有萬年筆的美名，再好的墨水仍會不敵年代久遠而褪去，成為沒有血色的陳跡。墨韻已然冷去，但指間彷彿還能感覺到一股熾熱的堅持；一股成長的冷落，是什麼讓我執筆而寫，我又因何而停筆不前？紛來沓至的問題，殘褪的字跡沉默地扣問著我。

雨雨獨行

黃于真（中文二A）

人們在要去一個陌生的地方時，總是最先關注天氣。出門前預先查看氣象預報，要去的地方是天空常晴或是終日微雨，早上出門前會照好幾次鏡子，仔細地決定今天衣服該怎麼穿才不會在下午時後悔，如果風大，戴帽子很容易被風吹走，所以出門前先做好帽子的告別式。我讀書的地方天氣總是微雨，而我恰巧是個擅長用壞雨傘也討厭帶傘的人，若下了雨沒傘也不會去借、也並不特別遮遮掩掩，只是逕自拿下眼鏡塞進口袋，就這樣走入滂沱的大雨之中，有時甚至別有一番趣味。人群依舊是一群一群的經過身邊，就像平時一樣，但每次一個人走進雨裡都會突然感到一陣窒息，就像小時候學游泳不小心踩空那樣，但最後都會自己站起來，然後可以一個人游過人群。

在外地讀書後回家的日子變少了，時間過得很不真實，每天上課、社團、睡覺，生活偶有不同，但大多時候可以稱得上一成不變。每隔大概一個月我就會回老家一次，就週末兩天的時間，回去跟爸媽聊聊最近過得如何、社團做了些什麼或上課有沒有遇到問題，時間久了變得像是例行公事，挑出那些有趣但安全的事情訴說，生活看起來一如既往的平靜美好，然後他們就會開始分享他們的生活，或許抱怨鄰居或工作上的麻煩事，有時會偷偷跟我說某個親戚或鄰居的八卦。

那天週末搭車回家後發現家裡沒人，也沒人告訴我他們去了哪，電話那方說無人接聽請我稍後再撥，猜想他們或許還在工作也就不再打擾，出門買晚餐和宵夜後回家時他們已經到家了，於是打開月訂的MOD邊看邊吃。

「你們今天下午去哪啊？」電影來到不太重要的片段，我趁著空檔發問。

「哦……沒去哪，回東勢老家一趟。」他們的眼睛盯著電視，不知道是不想看我還是電影真的很有趣。

「回老家？幹嘛？」

「沒什麼大事啦。你小叔公過世了。」

對我來說，也的確應該沒什麼大事，那個叔公我沒見過幾次，就算努力回想也記不清他的臉，只依稀記得他躺在病床上的模糊身影和從被子裡伸出的那極細極細、覆著老人斑的手，像是骨頭外就直接覆上一層皮膚。那天夜裡我總夢到在雨天的晚上不停奔跑，隔天早上我鬼使神差地跑去問了叔公過世的細節。

他是喝農藥自殺過世的。那個看起來像是永遠都無法再站起身來的叔公，在某個下著微雨的夜晚突然自己騎車出去，到對他而言應該很遙遠很遙遠的農田裡，一個人喝下農藥自殺了。那天晚上他的孩子以為他在鬧脾氣，因為素來父子關係都不好，就也沒在晚上去找他。

「他已經活多久了，自己應付得來的，很快就會回家」，分居已久的孩子開著車離開家裡前是這樣說的。

「你阿爸一整個晚上都沒有回來」，隔天一早接到媽媽著急的電話，帶著哭腔拜託他去找，才在他們家的農田裡找到他仰躺著的身體。

家裡的老人們都在感嘆著，「他為什麼要這樣走呢……」「啊他老婆小孩怎麼辦？」有好幾天家裡時不時就會提到這個話題，大家像是刻意迴避一樣，繞著叔公周圍的事情說，但沒有人真的提到他，像是既然他不在了也就沒什麼好多說的，像是這個人才過世幾天就形成一個新的禁忌，烙印在全家的基因裡。又或許，大家也跟我一樣，其實有好多好多的問題想問，但已經不知道該問誰了，那個有答案的人現在像是過去一樣無力地躺著，卻又跟過往完全不同。

叔公的排行是么弟，我還以為能頂著「么」字長大的孩子都會比較沒有壓力，那些期待或不期待都不是他的責任，是男是女影響也不大，家裡人也會或多或少讓著他，但他卻痛苦到頂著病弱的身體大老遠地去尋死，為什麼會是那個下著雨的晚上呢？又為什麼是那塊農田？大家都知道下雨天的夜晚是尤其看不見遠方的，這時所有平日緊逼在後的苦痛就都會突然鋪天蓋地而來，像是有一雙漆黑乾枯的巨手就躲在雲層裡朝你攫來，叔公去世的時候是仰面向天的，他在最後看見的是乾枯的巨手嗎？或是遠方的雲漸漸散開，「雨會停的」，就像有人在偷偷向他這麼說一樣。

老一輩的人們總是會談論他們在古早世代曾經吃過的苦，賺不到錢的孩子在路上遊蕩，可能會抓蝸牛或蟾蜍去換錢，換到的錢會去買很便宜的零食吃，幾角的錢就能換到快樂，那時候的他們不會想到他們老了的時候，快樂可以變得那麼昂貴，也不會預料到本來只會出現在夢裡的世界都變成現實，觸控式的智慧型手機跟每戶人家都有一兩台車的世界，聽起來就像夢一樣虛假而荒唐，今早還在台北而下午就到了屏東，一年一次以上出國去看看全然不同的世界或去品嚐特殊的美食，這些吃不盡的珍饈和魔術般的科技，看起來就像從前的努力都有了報酬。但對叔公而言，這或許是個偽裝成美夢的噩夢也說不定。

當大家都在樓下的客廳聊天時，談論著那些用科技帶來的知識及新聞時，他一個人躺在樓上的病床裡，在因科技而感到被世界拋棄的同時也被科技拯救而活著，就那樣深深陷在床裡，偶爾有人上來探望，也都只問一樣的句子「最近身體還好嗎？」，就好像他們不知道答案一樣，而他們走時也會像是受過訓練一樣整齊的說一句，「會好的」，聽久了就像是詛咒，就像在期待一個永遠等不到的未來，像是抬起腳卻永遠沒辦法跨出下一步。

叔公那天晚上或許夢到什麼了吧。我總不自禁的這樣想。

對叔公而言，噩夢與噩夢之間只隔著眼睛睜開或閉上的分際線，清醒與不清醒時都躺著，枯瘦的手垂在身側，舉起手都費力，站起來像是一個世紀以前的事情。那是一個不會下雨也沒有太陽的夢。

我想到某一陣子我經常做夢，在夢裡不斷奔逃，獨自跳下懸崖或是因不明的苦痛而痛哭著哀求原諒，有時也會夢見我站在即將爆發的火山邊緣朝裡看，岩漿上湧，地面止不住地搖晃，岩漿朝我滾滾襲來，而我來不及逃，像是電視劇裡那些笨手笨腳的女主角一樣，愣在原地，任由那些猝不及防的都朝我襲來。

醒來時我總是一身冷汗，從頭髮糾結的程度推測昨夜我在夢裡呆望著等那些夢魘向我襲來時，我的身體有多努力掙扎，然後一天就在半乾的現實中開始。我的故鄉與現在居住的城市都是煙雨瀰漫的，搞不清是雲還是霧的水氣總遮住遠遠的山頭，就算伸長脖子眺望也看不見遠方，住在這樣的城市總讓我覺得自己的存在特別渺小，像是所有事情都將會一如安排的朝向沒有意外的未來走去，然後跟所有這樣的人們一起葬在時代演變的洪流裡。

舊時代的鄉下人家總會特別期待長男的到來，在我還是胎兒、還能打掉時，在超音波顯示下我都該是個男孩，但卻突然成了女孩，那些原該受到的期待與安排都在瞬間像夢醒一般遙遠且不可追溯。長大後的我常常聽家人談這個故事，我想在那個我都還沒有記憶的時候，可能就有強烈的求生欲了。大家都還抱著的對男孩子的期待，那個我必須好好接住的期待，所以我選擇假裝自己是個男孩。在那短暫的幾個月大家應該都是幸福的吧？有長男的家庭就有辦法傳承香火，男人血緣裡的血是正統，能帶著家族繼續興旺下去，代代香火鼎盛。

「女生也很棒啊！大不了就讓我未來的老公入贅！」如果不能是男生，那我可以像男生一樣想辦法傳承香火吧，這樣或許我就能真正的出生，而不是代替那個男孩出世。

我想我應該要認真讀書。如果我這輩子有個應該完成的任務的話，那就是讀書了。爸媽跟親戚都說，誰家的親戚又考了高分，誰又上了好的大學，有時候晚上去上廁所，會聽到爸媽偷偷討論我未來要讀醫學系還是法律系。成績如果好了，這些就都不成問題，家人也能和別的親戚好友炫耀，我能想像奶奶用壓不住的驕傲語氣說「阮孫考到醫學系捏。」然後別人忙著稱讚我父母的畫面。那裡大家都是笑著的。

有人說日有所思，也就夜有所夢，那些每天期望的會在夢裡成真，但那些每天懼怕的也會從夢裡尋來。每個我汗濕背脊醒來的日子，可能就只是在為夜裡的惡夢搜集素材。像我常夢見考試考砸，或因為是女生而受到批評，聽見那些親戚指著我說「就算成績再好，可惜了，只是個女孩」，然後我就在他們身後哭，邊哭邊拿著一張考一百分的卷子，家長簽名欄是空的，我不敢拿去給家人簽。醒來後我總會想，會不會其實爸媽在幫我簽名時腦中也有過這個想法，「真可惜啊」。分數越高，只會越可惜而已。

從故鄉到現在居住的城市，若雨勢不大我都會淋雨，撐傘的時候人們都不會向上望，當人在傘下時，就連目光也都會不自禁地向下望，雨在地上匯聚成小小的水窪或河，而沒有人知道雨落下來的樣子，就算雨斜斜地飄進傘下，連成串的雨滴也都會很快墜落，沒有人去阻攔他們下墜。下雨天眺望的確是看不見遠方的，那些落至地上的水珠在墜落的那刻就完成了他們的任務，從此庸庸碌碌的跟著小河前行。

或許我還未落至地上。

不撐傘的時候，在薄薄的雨幕下抬頭，能看見那晚叔公看見的，還未消失的雨。

打嗝

陳妤芊（中文三Ｂ）

上大學三年來的至今，我常居淡水且鮮少回家，這次回家是因為一些事，實際上也並不待得長久。

舉凡連續假期，或者是特殊節慶，我都蝸居在淡水的租屋處。大學的友人總是笑我是無根的小植物，家裡的大人也曾打過幾次電話給我，要我多回家看看。

而我常居淡水的程度，大抵來說就是後來認識我的一些朋友都以為我是淡水人。

其實這麼認定，我也不覺得有什麼不適。

我的外婆是淡水人，所以估略著算我也算是個二分之一又二分之一的淡水人，大概來說。

自我有記憶以來，就和淡水的渡輪及河堤依存，我見過那裡最輝煌的時候。那時的渡船頭在我的記憶裡總閃耀著水晶的光芒，幾度流離又像游泳般舒展河浪的皺褶。

我總是不管外公勸阻，執意爬上最高的甲板那頭。微微側著身體站成弓箭步，倒也不是怕暈船。我總自以為自己就是船上的首像，領著出海口上的小船抵達彼岸，看船尖割開泡沫與藍色水光，也不曾向淡水河討饒。家裡的老者都說我天生就是海上的人，多大的浪我都沒暈過，可偏偏暈車暈的很。

一個下午就在渡輪上渡過，坐到對岸再返還，如此單調又奢侈的童年轉換。吃幾隻高的嚇人的霜淇淋、嘴饞但身體不允許的炸甲殼類，最後吃上我現在已經不願意再吃的阿給。

想起了外公和他的四驅傳動，即踩即煞車的將我養成暈車患者。去到回憶裡行經的山線海岸，回憶裡有一座小小的、在福隆的涼亭。我和我弟坐在那裡，聽海吃便當，次次湧上的海水讓米飯嘗起來更野生了一些。

外公拿出望遠鏡，上頭貼著我們的名字。黃色是我的、黑色是我弟的，我們總是為了幼年的三心二意吵架，沒有一次例外。站在石凳上看海平線上的貨輪們，想著他們要開到哪個宇宙的盡頭，那個星系我們有沒有在觀星盤上看過，而我們去不去的了那裡，為的是去尋找那艘與我們對望的漁船。

又或者偷偷看著那個不被允許偷看的龜山島，外公說島上有食人族跟花紋怪異的蝴蝶與帶著絨毛的蟲，一個無比巨大、捏造的生命體系，我們曾經都深信不疑，沒有否定過外公的夢。

蹲在對方的影子裡撿石頭跟落葉，替它們命名又替它們訂定死期，深埋在我們再也找不對地方的墓碑裡，每次都要說「願你安息」。

夏天裡，吹著海風邊吃著同學完全沒聽過的曇花湯與石花凍，邊喝著染紅嘴巴的桑葚汁。我跟我弟互相親吻，對視一笑後嫌棄對方的長相，可我們是如此的相像，連生氣時的姿勢都一樣，插腰擺頭。

落日之前倒在後車廂裡午睡，讓陽光在我們身上有軌跡能殘留，夢到赤腳走進深海裡，下潛、下潛、再下潛，在深海與黑夜之前到家。

車子往山上開的時候，總跟我弟比較誰數的隧道才是正確的數量，又在裡頭次次回聲「我是世界之王」「我才是世界之王」，小孩的較量是沒有盡頭的。

在休旅車的煞車與發動之間的擺盪，我除去想吐和頭暈之外，總心心念念著每次去山上都能折的蘆葦，我從報紙上學到了如何將蘆葦做成吸管，卻沒能真的實踐這個用途。

外公用奇怪的方式挖出了我最先擁有的寵物，一隻肥碩軟嫩的雞母蟲，我把牠細心照顧大，讓牠結蛹羽化成獨角仙。曾被我帶去學校炫耀，也和牠拍過幾次照，最後也放了牠，在最初找到牠的那座山上。

有過那麼一段日子，我很喜歡甲蟲，養過很多隻雞母蟲。只是再也不是最初那種感覺。我總是說著那大抵來說便是我「第一次擁有孩子」的喜悅。

我有過許多赤腳踏進溪川裡的回憶，但我多疑的外婆沒有讓我下水過，我只是在溪邊踩踩被浸泡的石頭都能把她嚇得半死，最後惹來一頓胖揍和碎念。

這麼想起來，我的過去是由海岸與山脈的顏色構築的。只是今天大概是一個小小的，微乎其微的了斷了，或許只有我認為這是個了斷。

簽斷一些戶政資料，在工作人員的反覆確認之中幾度出神，將原本記憶中反覆黏膩的部分以外力分割了一個現實的距離。我確實在發夢，令我不可思議的是我的身體仍在運轉。

簽名的時候一直不停的打嗝，像是我的身體在反抗一樣，我看著我弟和母親，神色並沒有任何一點恍惚，似乎只有我還困在某個離戶政事務所很遠很遠的深林或海裡。

母親遞來了胃散，她吩咐我弟弟去裝開水服藥。此一時我就像是逼不得已，得服毒的囚犯，那口藥是吞下了，情況卻沒有好轉，我只得憋著從咽喉湧出的脹氣。

我輕輕搖晃著坐著的椅子，有些鏽蝕，像福隆海濱的鐵鞦韆。

在最後的文字與資料確認後，深深地打了一個嗝。

像是奔跑一樣，從童年裡一直渴望踩踏的退潮濕地，一路跑進都市裡，成了我這樣一個身體不適的成年人。

那些日子沒能在我身上留下什麼，除了暈車，跟一張新的身分證。

小說

PART 03

釋迦

沃佳（中文三B）

清晨我從夢裡醒來，夢中滿是落下的石塊、惡狠狠的叫嚷，還有從山隘上逃亡的馬車以及尖叫的女人。醒來後，我果然聽見了重物撞擊的聲響，從樓下廚房接連不斷地傳來。是媽媽在砧板上剁著什麼硬物，我想起昨天下午她帶回家的一小袋排骨。

我從床上下來，兩隻赤腳就著昏暗的閣樓光尋覓拖鞋。當我站起身時，木質地板發出像老鼠或者夢中女人一樣的尖叫聲，牆間的老鼠則發出木頭一樣的唧咯聲，好像另一個訪客在上面走動。這是一個炎熱黏稠的夏日清晨，從一大早開始就像一坨化不開的漿糊。窗簾在忘記闔上的窗邊紋絲不動，外頭一株梧桐的枝葉被曬得沒了氣力。我探出頭去檢查庭院外，羅太太那擦得鋥亮的紅色汽車是不是在那兒了？時間還早。

「於毅！於毅！快來幫我拿盤子。」媽媽聽見了閣樓裡的響動，便在廚房裡大喊。我跑下樓去，在狹隘的樓梯上弄丟了一隻鞋。

「哎喲，你怎麼還穿著亂糟糟的睡衣，」她用那隻剛洗過菜的、濕漉漉的手，把我頭頂上那撮翹起來的頭髮壓下去，我透過碗櫃的反光，看見那撮頭髮仍是不安分地翹著，「快去換上那件漂亮的衣服吧，藍色條紋的那件。」她說罷拍了拍我的肩膀，當我正要出門去，她又拉住了我，將一個裝有糖果的小碟子鄭重其事地塞到我手中，「把它放在那個最好的房間。」

「我們今天要在那兒喝茶嗎？」我抬頭問道，一邊撫摸著碟子裡那些亮閃閃的糖紙，糖有些化了，黏糊糊地黏在手上。我把手指從碟子裡挪出，放在唇邊嘬了一下。

「得意吧！」哥哥從身後突然冒出來，走上前來揉搓我的頭髮，用兩隻修長有力的手夾擊我的腦袋，糖紙的反光在我眼前亂晃，「還有那兩只釋迦。媽媽留了它們有兩個禮拜了，就為了在這樣的日子派上用場。」

「是你姑媽送的，她說味道很好。」媽媽甩了甩手，去換她最體面的衣服。

「羅太太很有錢麼？」哥哥問。我告訴他羅太太有三輛車和兩套房子，因為她是個大老闆，羅雲凡每天都在學校裡吃他自己帶來的海參飯。實際上是在撒謊。媽媽說，是啦是啦，否則雲凡為什麼跟羅太太姓。

那個最好的房間散發出樟腦丸、枯死的植物、毛皮積灰以及不流通空氣的酸味。我把碟子放在顏色和紋飾都模糊不清的波西米亞風桌布上。在大餐桌的另一頭，擺著兩只瓷狗、一隻擺動極為虛弱的小座鐘，以及哥哥的《聖經》。爸媽都是佛教徒，每逢大年初一都要與親戚們一同去寺廟祭拜，相當於醫生去醫院，教師去學校。哥哥不願意去，於是成為了基督教徒。他非常虔誠，時不時對佛教冷嘲熱諷一番，還特意把他兩本《聖經》中的一本留在最好的房間，這裡平時無人光顧。哥哥把寫給姑娘的情詩夾在以賽亞書裡，只有我和上帝知道。

我把手邊那盆死去不知多久的植物移到牆角。那裡堆放著一疊八十年代的課本，是爸爸上大專時用的，或者是親戚送來的兒童繪本，發生蟻患之後就堆在原本放著書架的地上。書堆上仔細鋪著一塊補綴過，但還算看得過去的白被單。在上面放著一個深褐色小瓦罐，裝著一些諸如斷錶帶、牙齒、松果之類的雜物。

我上樓去換衣服。我想穿上我那件灰綠色的棉麻舊衣服，像個尋常的農家孩子，穿著濕漉漉的襪子在曠野或者小峽谷裡奔跑。想看母豬生小豬，公豬騎在母豬身上，然後我對著它們大喊：「過來！你這畜生！」或是用硬邦邦的蘆葦桿逗弄母雞。但我還是換上了藍色條紋的體面衣服。

「媽——他們來了！開著輛保時捷呢。」哥哥在門階上大喊，強有力的發動機聲在庭院外劃出一條弧線。我扣著紐扣走下樓去，發現哥哥還穿著那只沾滿泥巴塊的破洞舊球鞋，兩只髒兮兮的襪子一高一低。他有些焦慮不安地在地毯上蹭掉鞋尖上的糞肥和濕土，把手放在口袋裡不知所措，過了一會又急躁地把它們抽了出來。他穿著一件散發著樟腦丸氣味的黑色襯衫，像是那間最好的房間裡的椅罩，媽媽嗔怪地瞧了一眼襯衫下擺翹起來的一塊邊，哥哥整理著衣擺，在只有兩三步寬的走道裡來回踱步。

羅太太又高又壯，橘黃色的絲綢上衣使她的腰部更加突出，一層一層堆疊的形狀顯露出來。齊膝的米白半身裙緊緊裹著粗壯的兩條腿，一頂同樣是橘黃色的貝雷帽被她舉在手中，此刻正用來扇風。尖頭鞋把她的腳踝擠得鼓了出來。

「羅太太，早上好，吃過早飯了嗎？天氣挺好，太熱了吧？哦，你們過來還算順利嗎？哎喲，嗨，不用換鞋了，不用換了，直接進來吧。」媽媽搖著手，接著意識到自己擋了羅太太的道，便又向前挪了幾步，殷勤地領她去最好的房間。羅太太踩著細細的跟，那副扮相倒是的確像一位大老闆，或者一艘大船。她搖搖晃晃地貼著兩邊的牆壁向前行駛。媽媽局促不安地在剛脫下的圍裙上擦了擦手，為房子太小而說著抱歉，同時，下意識地梳理一下頭髮。

羅雲凡從他媽媽身後露出半張臉來，我們互相交換著眼色，咯咯笑著。他是個活潑的小男孩，笑起來時眼睛眯成兩條斜槓，臉型有幾分像他爸爸，我只見過他爸爸一次。他爸爸個子很高，生著一張鏟子臉，令人想起歷史課本上的朱元璋像，剛好可以用他來掘院子裡的土。

媽媽擰開門把，咯啦啦，招呼羅太太和羅雲凡進去。這間最好的屋子很少使用，哥哥不在這裡做禱告，他喜歡去不遠處的廢棄倉庫裡。只有媽媽每週一次來這裡拂去灰塵、擦拭、磨亮。即便如此，鞋子踩在地毯上時還是揚起一層灰煙，塵埃均勻地散布在座位上，馬毛、發硬的紙團、污物團成的小球填塞在坐墊的縫隙中。

「於太太，其實您不用為我張羅那麼些，」羅太太迅速掃視了一眼房間四周的擺設，漫不經心把貝雷帽換到另一隻手上，掏出手帕，擦拭額角的細汗，「我在這兒呆不久，你知道的。」

「真可惜！不過您一定要留下來喝個茶再走。」媽媽把椅子從桌旁推進去，椅背上鋪著帶流蘇的蕾絲布，地板發出咯吱咯吱的響，蕾絲晃來晃去地甩向椅背，像是一串鑰匙。待蕾絲的擺動停下後，羅太太就被鎖在了裡邊，她的戒指、手提包、貝雷帽和小腿一起被困住了，像是被困在上鎖的牢籠裡。

「還要吃釋迦。」哥哥打開放瓷盤的櫃子，掃落了桌上那本《聖經》，他急忙撿起，用袖口匆匆拂拭，一邊用指尖探測夾在裡面的幾張紙。

「啊，於太太，不用麻煩啦，真的，」羅太太用她的胖手指捋平裙子上的褶皺，「小瓷狗很可愛！」她那根戴戒指的手指在灰溜溜的瓷狗旁閃閃發亮。

「而且它們耳朵上鍍了金。」我告訴雲凡，我們從長沙發上爬向桌子。

「不，那不是金的，」他反駁道，「那只是金色顏料。」

「啊，你的鞋子。」媽媽端著五人份的餐具，停下步子。

「雲凡，不要踩沙發，聽話。」

「你看顏料都褪色了。」

哥哥從櫃子裡又取出幾只叉子：「羅太太，您想要來一塊蛋糕嗎？」

「一塊蛋糕也沒有，」媽媽把茶杯弄的咔嚓作響，「我們忘記去向麵包房訂了。一塊蛋糕也沒有，唉，羅太太。」

「我只要一杯早餐茶，」羅太太還在流汗，她從車上走下來時穿過庭院，臉上搽的粉糊了。她把手帕留在桌上，兩隻胖手拍著臉蛋，戒指閃閃發光，「雲凡在這兒一定高興壞了，但願他不要給你們惹麻煩。」

「像跳來跳去的小狗一樣高興！」哥哥補充說。

「三塊方糖，謝謝。」

「羅太太，您一定要嘗嘗這些釋迦！」媽媽的臉上泛起光來，跑去櫃子裡取那兩個被紅色塑膠袋緊緊包裹著的釋迦。

「是啊，放得夠久的了，」我湊到雲凡耳邊嘟噥了幾句，「它們看起來像我哥哥的腦袋。」我們又咯咯笑起來。

「不用了。於太太，於太太！不用麻煩啦，真的，我受不了釋迦，太膩了。我倒是寧可來幾個梨子，」羅太太努力扭過身子，又補充了句，「或者蘋果。」椅子在地板上拖動著，發出尖叫。

「就著普洱茶吃一點吧，您一定要吃，」媽媽已經把釋迦從紅色裹屍布裡捧出來了，「就吃一塊。」

「啊！」那兩顆氣派的果子原本躺在櫃子裡的，一副老態龍鍾的模樣。此刻，媽媽的手一施力，釋迦外皮上的綠色圓球便一塊塊脫落下來。頭顱的形狀迅速坍塌，露出象牙白色的腦漿。糊狀的果肉順著媽媽的手緩緩滴落在木板上，露出發紅的內芯，發出赤腳踏在濕泥上的嗒嗒聲，聽起來像黏稠的正午。一股惡臭瀰漫在酸澀的空氣中，我和雲凡停止了談話，拼命捏住鼻子，但不敢跑出去，過一會又轉過頭互相望望。哥哥低下頭去仔細端詳運動鞋上的破洞，扭動自己的大腳趾。媽媽抽出抹布迅速抹去掉在地上的果肉，一聲不吭地捂著釋迦碎塊走出門去，陌生的腐敗味在她身後劃出一條線。羅太太將手帕舉到鼻尖，轉而擦拭額頭上已然風乾的汗。

小座鐘發出孱弱的咳嗽聲。

「已經十一點了，」羅太太從座位上掙扎著抬起屁股，撞倒了一只瓷狗。擺弄好瓷狗後，頭又撞上了餐具櫃，還蹭到了胸針和手錶。她走到門口，回過身來招呼雲凡過去，「時間過得真快。」

羅太太吻了雲凡的額頭好幾下，又抱了抱他：「可不要寵壞他。於太太，換洗的衣服和浴巾都放在行李箱裡了，拜託請讓他吃得清淡些，不要給他太多甜食！」

「羅太太，我會盡力的，請放心吧。」

「黑色墨水從你眼皮上流下來了。」雲凡看著他媽媽的眼睛說。

羅太太摸了摸我的頭：「你們要守規矩。」

媽媽跟著她走出房間，我聽到羅太太在屋外說：「那麼再見了，於太太！」她的聲音高亢昂揚，舌頭像馬蹄，把口腔變成跑馬場。汽車馬達又像來時那樣，向凝固的夏日空氣強調自己。噠噠聲威風地劃著弧線，最終遁入曠野。

我和雲凡歡叫著跑下西邊的峽谷，大聲呼喊，手舞足蹈，手裡攥著剛剛從門外撿出來、洗乾淨的釋迦籽，朝小路上的騎車人，或是偶爾路過的貨車鐵皮投擲。我們擊中了一個男人的背部，他突然轉向，扭轉車把，向田溝裡飛馳了好一段路。我們都呆在原地，那個男人最終跌進了一片農田，一輛貨車壓過他身邊的那條路。男人罵罵咧咧，單手支撐身子打算爬起來，我們飛也似地跑開了。事後我平靜地想道：要是剛才貨車從男人身上碾過，他會喪命；他會變成一塊肉餅，我會感到很噁心，雲凡大概也會。我們會被逮捕判刑，也許會被槍斃或絞死，最糟糕的情況是電椅，因為我們手上都拿著釋迦籽。

但我們很快忘記了那個掉進田溝裡的男人。雲凡向四周甩著一根不知從哪拾來的樹枝，嘴裡不時蹦出一串串嘰哩咕嚕的象聲詞。我們躲著、藏著、打鬧著。哥哥爬上一棵粗壯的歪脖子三葉楊向下看，目光很可怕，面露不詳的神色。他拉緊彈弓的皮筋，將一顆小石子固定在皮筋的中央，一隻棉尾兔從灌木裡躥出來，甩了幾下耳朵，悄無聲息地跺腳跳向遠處。

「100 ! 99 ! 98 !……2 ! 1 !」聽到口哨後，我俯臥在一條溝壑下的荊棘叢邊，不再移動，等著嫩枝發出斷裂聲，或者幾片樹葉被踏碎的聲音。

風在頭頂上方嗚嗚嗚吼著穿過，帶動幾根頭頂的髮絲。車軸草葉子癢酥酥地貼在臉上，艷紅色花團像凝固的火球，熾焰在鼻息下顫動。我轉過頭去凝視膝蓋邊的一小叢茅莓，小心翼翼地用手去搆，不願觸動周遭的空氣，但右肩碰著了荊棘的枝條。於是我不再嘗試，把右手壓在身下，想像和記憶中的酸甜觸發唾液腺分泌。

黃昏時，從頭頂壓下來的沉沉暮色緩慢窒息著草木。我悄悄向溝壑外張望了一眼，動作很輕。低矮的灌木構成鋸齒狀的天際線，用黑色的身影遮擋太陽，世界正是依靠這些齒輪來運轉的。天際線猶如沿著一個潟湖的弧形邊緣延展開來，橙紅色的霞光，向無限高處輻射，伴隨著一種令人驚異的崇高感。一陣教人頭暈目眩的幸福和不安升騰起來。溝壑外的世界正在被徹底的靜謐吞噬，開黃花的母菊彎下身子，頭頂的風聲比真空還要安靜。我感覺到一種丁零零的風鈴聲從幾百米外的門廊上傳來，我的朋友雲凡在附近，但我看不見他。

我感受自己的身體投下烏黑的陰影，我整個年輕的身體，像是被一隻興奮的動物包圍。刺破的傷口、滲著血的右臂、像是在耳朵裡砰砰跳的心臟、冰涼的小腿、在口中持續沸騰的熱氣、卡在指甲縫裡的沙粒、擴張的血管、手掌上被曬乾的小泥球、盤旋的風聲、想像中湧動的泉眼。酸痛的足底正在預謀一場生命的狩獵。生命在跳躍，在飛揚，在吶喊，在一種企圖打破沉默的、出於本能的呼喊樂趣中等待著時機，準備猛撲。我假裝自己是印第安部落的酋長，意識到自己處於一個探險故事的核心，而我的身體就是我的冒險和我的名字。我興奮地從低窪地帶跳起，荊棘叢再次摩擦過我的身體，我奔跑著捶打路遇的每一根樹幹。

「我看到你了！啊！抓住你啦！——砰砰！砰！你死了。」

我年輕、蓬勃、朝氣十足，但我還是聽命地躺了下去。

「現在換你來殺我，閉上眼吧，」雲凡朝著一個方向跑了好幾步，「快數一百下。」

「100，99，……」等雲凡跑出一段後，我把手指張開一條縫。我看到他狂奔了一段，在離開我的那個方向停下，又躡手躡腳扭過身，向反方向跑去。我只數到50，打算在他爬樹的時候幹掉他。

「我找到你啦！砰砰砰！」

雲凡拒絕栽下來：「100秒哪有那麼快！」我跑上前去抓他的褲管，他抽開腿，繼續往樹上爬。於是我也爬樹。

我們並肩坐在枝幹上，向下張望。從樹的頂端恰好可以瞧見東面角落裡的廁所，一個露天的簡易木板房。哥哥坐在馬桶上，褲子拉下來，他看起來又小又黑，手裡捧著一本皺巴巴的小冊子。事實上，我根本看不清楚那本小冊子是不是皺巴巴。

「哥哥！我看見你啦！」

哥哥趕忙拉上褲子，向四周尋覓著：「你們在哪兒？」

「在天上！」見哥哥還是不得要領地轉移視線，我說，「在樹上！」

「那麼跳下來！」

「起飛！」我們落在哥哥面前，一邊圍著他轉圈，一邊在弄暈他的企圖中哈哈大笑。

體面的條紋上衣劃了個口子，褲管上沾滿泥巴；羅雲凡也好不到哪去，他穿了件淡黃色的襯衫，背上全是青苔留下的綠印。我們的鞋襪都濕光了，臭烘烘的，遭到了訓斥。媽媽說我看起來像個無賴，現在最像話的一件衣服也被我糟蹋了，羅雲凡渾身都是污垢，不知道羅太太會怎麼想。但她沒有打我，直到雲凡去洗澡的時候，才湊近我耳邊說：「之後跟你算總帳。」

晚餐時，桌上比平時多了幾根蠟燭，還有排骨湯。媽媽給每個人都盛了一碗，在雲凡的碗裡多加了一塊，外面是個暖融融的夏夜。

吃過飯，哥哥帶我們溜進麥田雜貨鋪後面的廢棄倉庫，倉庫聳立在一座光禿禿的山坡上。月光慘淡，被倉庫陰影所掩，世界沉浸在一種陰森可怖的沉眠中。倉庫正門用一把鏽跡斑斑的大鎖扣住了。不過，沿著兩側牆壁上的洞口可以輕易爬進去。哥哥搶先跳上了倉庫中央一輛破舊馬車，車架上缺了不少木板，一隻輪子不見了，我們在牆角發現了它的殘骸。

「這是我的講道車，」哥哥邊說邊從懷裡掏出那本他常用的《聖經》（沒有夾情詩的那本）。他嚴肅地把腿垂在空中，換了個更端正威嚴的坐姿，「坐在下邊的乾草堆上吧，當心老鼠。」然後他用平生裡最深沉的嗓音，對著天堂，對著被老鼠腳踩得窸窸窣窣的椽木，以及垂懸的蜘蛛網念道：「哦！親愛的主耶穌基督，在這個神聖的夜晚，請祝福我、我弟弟於毅、他的朋友羅雲凡，以及祢的這個小教堂，永永遠遠。我為這裡投入了大量心力，願祢的國更早降臨在這貧瘠的、受難的大地。阿門。」明月光順著玻璃窗的破洞，射在此刻已站起身的哥哥臉上，他的臉龐專注地仰視著某處，透著幾分神秘。我們坐在乾草堆上，聽我哥哥講道，他的聲音崩裂，而後又閉攏；揚起，而後又減弱。他肩膀上的兩顆扣子隨著身體擺動，聖潔的光在他祈禱的肩頭閃爍。他仰頭說道：「上帝！你無處不在，無時不在，在晨露中，在晚霞裡，在城鎮上或者田野裡，在講道人與罪人之間，在飛禽和走獸之中。直到夕陽西下、暮色四合，爾仍能看到我們；哪怕在沒有星星的夜晚，爾依然可以看到我們；在深深的地殼之下，在最最黑暗的深淵中，爾依然凝視我們。在黑暗的牆角裡、在深沉的鼾聲中、在熄滅的燭焰與可怕的陰影中，爾窺探、注視我們，從清晨到日暮，又從日暮到清晨，無時無刻，永永遠遠，看得到一切的一切。上帝啊！爾一直看著，爾像只貓！」

他緊握的雙手放開了，倉庫裡很安靜，回聲漸漸遠去。皎潔的月光從那扇破窗子裡照射下來，沒有人高呼「哈利路亞」，我們還太小，被沉寂的氣氛所迷。

老鼠在草堆間爬動，時不時發出吱吱聲。

「現在我要接受捐款，」哥哥跳下車子，在馬車後輪胎的內側摸索著。他掏出一個被壓扁的午餐肉罐頭，把它遞給我們，「我找不到合適的捐款盒。」

我和雲凡往裡面投了兩個硬幣。

「很好。」他把罐子塞回原來的地方，又一個箭步跳上車去。他從兜裡取出一盒火柴，以及半根蠟燭，接著搓了搓燭芯，將點燃的蠟燭插在車頂上，作為唯一的光源。周圍發出輕微的、老鼠跑開的聲音，陰影顛倒著懸掛在椽木上。那不再是從身後跳出來，拼命揉搓我的頭髮的哥哥，而是另一個人。他的聲音過於深沉，他的話語和沉默在影影綽綽的屋子裡迴蕩，乾草堆似乎有了生命。我仍能回想起廢棄馬車上的佈道：我被注視，雲凡的心被注視，鼾聲和牆角被注視，哥哥的言辭被記錄下來，我竊竊私語「看看它們的尾巴」被記住。

「現在我接受你們的懺悔。」哥哥說。我和雲凡擠坐在稻草堆上沒有動，我們緊貼著對方熱呼呼的身體，我能感受到雲凡在發抖。

哥哥轉向我，對我揚了揚頭：「你先來。」見我依然在原處發愣，他便抬起手，指向我。他的指甲在燭光下顯得很明亮，在半空中熾燃著。我向馬車前走了一步。

「你現在開始懺悔。」

「懺悔什麼？」

「你做過最壞的事。」

我偷走過媽媽皮包裡的錢；我偷走陳永清的暑假作業，害他被頭頂光禿禿的林老師罰抄；我在同桌的水杯裡丟樹葉，讓他在體育課後舉著水杯急得直跺腳；我去了三次圖書館，偷走五本書，把它們丟在公園長椅上；我用棍子打傷了一隻狗的後腿，向陸廣證明我不怕狗；我騙走何媛風的手錶，對她說班主任要沒收；我用小刀割傷了母雞的翅膀，把血黏在手帕上，假裝是我咳出來的，好嚇唬媽媽，不用去上學；我在校門口拉下劉思揚的褲子；我看著哥哥用玻璃膠黏走一隻鴿子全部的羽毛，那隻血淋淋的鴿子在木桌上扭動身體，我在邊上哈哈大笑，覺得很噁心；我和吳亦真偷偷溜進鄰居家的屋子，把墨水倒在床單上；我們在那所房子的窗戶外踮起腳，偷看鄰居家的女兒洗澡；就在剛才，我和雲凡讓一個男人差點被貨車碾成肉餅。

「我沒做過任何壞事。」

「快，懺悔吧。」哥哥皺著眉頭對我說。

「我沒有！我不要！」

「快啊，懺悔吧。」

「我不要！我不要！」

雲凡開始哭。「我要回家。」

媽媽的聲音從麥田雜貨鋪附近傳來，她喚了我的名字，接著是雲凡的名字，然後是哥哥的。哥哥吹滅燭火，將《聖經》、火柴、蠟燭和沙丁魚罐頭裡的硬幣放進口袋裡。他領著我們從倉庫右側的洞口鑽出去，經過一堆磚塊，穿過雜貨鋪的後門，雲凡一路上都在啜泣。

「你們去哪了。」媽媽拍著羅雲凡上下起伏的肩膀，責問地看了我和哥哥一眼。

一起躺在床上時，雲凡和我懺悔我們做過的錯事。

「我也偷過媽媽的錢皮包裡的錢。」我說。

「偷了多少？」

「十五塊。」

「被發現了嗎？」

「被揍了一頓。」

雲凡在黑暗中揉了下鼻子，或是嘴。「我殺過一個人。」

「殺了誰？用什麼殺的？」

「殺掉一個男人，用釋迦籽和貨車。」

我認為風在拍打玻璃窗。

「像一塊肉餅！」

雲凡的眼淚乾了，他告訴我他不喜歡我哥哥，「因為他很笨。」

「我哥哥不笨。我親眼看見他把情詩夾在《聖經》裡，我全都讀過。後來他念給我聽時，把姑娘的名字都改成了上帝。」

「可是他很虔誠。」

「才不呢，他一定會拿著捐款去買菸抽，他只是討厭佛教而已。」

我們的門大開著。雲凡擔心臥室裡有鬼；但我寧可把鬼關在房裡，也不願意有人溜進來。於是我們玩了三局石頭剪刀布，他贏了。

豬在豬圈裡喝水，我聽到水聲了，然後是大門門鎖轉動的聲音，卡啦卡啦，廚房裡響起腳步聲。

「是爸爸，」我告訴雲凡，「他從鎮上回來了。」

「他長什麼樣子？」

「有個酒糟鼻，鬍子像拉麵，吃起東西來嘩啦嘩啦的，都像在吃拉麵。」

我們聽到每一種聲音，酒糟鼻擤鼻涕的聲音，媽媽搓一塊毛巾的聲音，爸爸坐下時椅子的嘎嘎聲，媽媽的一句「都幾點了」，爸爸回答說「你別管」。

爸爸喝醉了，我們在黑暗中默不作聲，暗自期待他們會吵架，也許他們會摔盤子。

「輕點，他們都睡了，」媽媽輕聲責罵了句，「你真是醜態百出。」

爸爸嘟囔著什麼。

「你母親留下的首飾少了一件，是不是你？你拿去還賭債了？」媽媽突然激動起來，「你為什麼要做這種事？你還要到什麼時候？這還怎麼過，我們快要吃不起飯了！羅太太今天來我們家的時候，我們連一個釋迦都招待不起。」

「羅太太，羅太太！」他說。我知道他會點上菸，然後翹起腿。

他們又說了些什麼，聲音含混不清，父親後來問道：「她付給你那五百塊了嗎？」

「他們談到你媽媽了。」我悄悄對雲凡說。

有很長一段時間，他們都在用極低的聲音說話，我們豎起耳朵，等著聽清楚。「羅太太她……」媽媽說。然後我們又聽見了「房間」、「戒指」、「蛋糕」、「釋迦」、「髒兮兮」和「瞧不起」，她好像在哭，因為她說出最後一個字時，聲調在發抖。

「去他娘的羅太太！」爸爸用拳頭猛地在桌上砸了好幾下，鞋底快要脫落的皮拖鞋在地板上甩來甩去，發出滑稽的聲音，「釋迦！釋迦！請她吃釋迦！她配嗎！帶著她的破車和嬌生慣養的狗兒子滾蛋吧，從哪來回哪去！她算什麼東西？一頭母豬，搞得我們那麼卑賤。」

「輕點。噓——」媽媽極力壓低聲音，「你會被他們聽見。」

等爸爸消停下來以後，我聽見媽媽問：「你不會這樣對羅太太說吧？也別凶她兒子。」

「我保證不原諒她，保證不揍扁她兒子。」

「拜託，拜託，」媽媽說，「別這樣，別這樣，講輕一點。」

「你明天就把那沒出息的孩子送走，不然我去說。把他送回那三間狗日的房子，永遠別來。」

羅雲凡把被子拉上來，蓋住整個頭。「我不想聽，我不想聽！把門關上，我不要聽！」

我起身把門閉上了，雲凡像是睡著了一樣，一動也不動。

「雲凡？」他沒有回答我。沒多久，我也睡著了。

第二天吃早飯時，爸爸沒有出來，媽媽說他身體不舒服。雲凡也不見了，媽媽喚了幾聲，後來在最好的房間裡找到他。洗乾淨、熨過並疊好的淡黃色襯衫擺在沙發上，雲凡的鞋子上也沒有泥巴了。媽媽夾給我一塊蔥油餅，夾給哥哥一塊，給雲凡兩塊。他看著最好的房間的門把，神色古怪。

「雲凡啊，」媽媽說道，「你媽媽要提早接你回去。我已經把你的箱子理好了，你檢查一下東西，吃過早飯之後去換套衣服，我再把襯衫和褲子放進去。」

早餐後，我和哥哥一起走到門口，哥哥去捕鳥，我帶著獨眼的牧羊犬到山上追兔子。狗對著雞籠狂吠不止，然後向前跑了一段，在峽谷邊的一只兔子洞前躺下身，用唯一的眼睛望瞭望我。從矮樹林枝葉間，透出一束束明晃晃的陽光，幾隻蝴蝶在低處扇動翅膀，彷佛被陽光灼傷。瓊花上染成紫色的露水快要蒸發了，輕薄的花瓣在風中擺動。從遠處看過去，分不清哪些是花瓣，哪些是蝴蝶。

「看！松鼠！看啊！」我指著一棵樹的樹冠。

雲凡在峽谷裡獨自扮演印第安酋長，一邊揮動手裡那根比昨天更粗更長的枝幹，一邊嘰哩咕嚕，真像個野人。溪水在他身邊流動，溪石斑從水中掠過，幾乎沒有驚起漣漪。雲凡衝刺幾步，繼而越過一根橫臥著的樹幹。他在一塊石頭邊蹲下身子，靜靜觀察了一會後，開始對著蟾蜍丟石塊。

我爬上身邊的那棵樹，看見他又直起身子，像個好鬥的酒鬼一樣搖擺身子向前走。我喊了他的名字，可他裝作沒聽見。

我身下的那根樹枝發出脆弱的嘎吱聲，緊接著，頭頂上旋轉起綠色的陀螺，世界開始傾斜，峽谷邊的灌木叢迅速向我甩過來，像是砸向牆角的皮球。最終，我的褲子救了我，我被倒吊在那棵樹上，頭頂離地面只有半米。「我要掉下去了。」我失聲喊叫，然後拼命扭過身體，抓住樹幹和褲腿。褲子被樹枝勾住了，露出了半截內褲，我企圖爬到地上，卻毫無尊嚴地跌落在草叢裡。

我獨自度過這瘋狂歷險的一分鐘。

距離中午那種凶狠的烈日當頭，還有幾個小時。我走到家門口時，哥哥從裡屋出來，問我剛才有沒有動過他的《聖經》，在裡面翻過什麼。

「沒有，」我說，「你不是帶回臥室了麼？我看見你帶進去的。」

「不是，是另一本，」哥哥心不在焉地接道，「沒有就算了。」

媽媽把洗好的盤子堆疊整齊；哥哥又回他的房間裡讀《聖經》，或者偷偷寫情詩給姑娘。雲凡已經換上了乾淨的薄荷綠套裝，媽媽幫他把行李箱豎起。這時馬達聲又在庭院外響了起來。

羅太太站在庭院的籬笆邊上，瞧著自己的紅皮鞋。她讓司機把箱子搬到車上，雲凡向她跑過去。

「媽媽！他們把你叫做母豬，於毅的爸爸說要扁我一頓。他的哥哥寫了一大堆不倫不類的情詩，全夾在《聖經》裡。他還把我帶進破倉庫裡餵老鼠，讓老鼠在我身上爬來爬去，毀掉了新襯衫。於毅是個小偷，他偷他媽媽的錢，他很可能會殺掉我。」我聽到他這樣說。

羅太太看著司機把後備箱闔上。媽媽從廚房裡出來，把圍裙解下掛在門口，她擦乾雙手，拉了拉裙擺，捋好頭髮，努力向羅太太問好、行禮。

羅太太說：「中午好。」她和雲凡一同回到車子的後座，注視著眼前破敗的豬圈、屋瓦和廢墟。

司機拉開車門，坐了進去。母雞隨著發動機聲，恐懼地狂扇翅膀，羽毛輕飄飄落在地上，被爸爸刷牙時倒在地上的積水沾濕了。我向雲凡揮手。他僵直身子，擠在母親肥胖的手臂邊，看也不看我。我揮動雙手。

Right Now

林曼妮（歷史四B）

(01)　一種狀態

我已經穿越了無數星雲，是時候該稍作停留了。

其實我不確定到底過了多久，當你活得夠久，你就會發現時間在宇宙中已經對你沒有意義。只有當我刻意地去想著它，我才會感知到它那似有若無的存在。除此之外，也因為沒有除了我之外的觀察者，所以時間就是我本身，不存在比較出來的快慢問題。

這次我選擇停留的地方是一個天藍色的星球，它只比地球大一些，看起來很溫和。我讓自己在這顆星球的空間中慢慢浮沉，跟隨著它的大氣緩緩搖擺，就像是乘坐在母親溫柔的搖籃之中。

這顆星球讓我想到Now和地球。我總是會一遍遍地想起她們，一如我初次睜開眼時那般清晰。

Now是個理性但反應有點遲鈍的女人。我們第一次見面時，她給自己取了個代稱叫作Now，然後替我命名為One。我當時還笑她，明明是個亞洲人，為什麼非要用英文命名呢？哦還有，其實我那時候也不算是在笑，純粹是程序的編程設定，附加了多種情緒屬性罷了。

「只是中文唸起來沒有美感而已。」Now回答。她懶懶地仰躺在陳舊的沙發上，像一坨緩緩流淌的泥漿。

「那妳買下我，是有需要我做什麼嗎？」

「也不用特別做什麼，買你只是因為我想要有個東西陪伴我，因為我不信任人，養寵物則是太麻煩。」

她把我稱作東西，果然。「難道我不像個人嗎？我的製造者已經把我的擬人程度調到百分之九十了，我應該要像個人。」

Now眨了眨眼，眉毛微挑，好像有點跟不上我的思維。「喔，呃……抱歉，我不是貶意，你當然很像個人，但總歸不是原生人類，你懂我的意思吧？所以不管你如何像個人類，我都無法把你當成人。」

「不得不說，雖然你的外形為人會讓我感到親切，但只有當你的本質是個東西時，我才會覺得安心。因為只有東西——是『確定的』。」

我一頭霧水，完全聽不懂她在說什麼。什麼人不人，東西不東西，我明明就「很人類」，我依然這麼認為。

奇怪，我的分析出錯了嗎？我在腦內搜索著，想在過往的數據資料庫中找出可以對應的事物。

我想，我必須盡快地學會一切。

Now打了個呵欠，閉上眼睛，顯然不想再搭理我了。我看著電視裡的光將她的面龐暈成五光十色的、一團不確定的影子，她的輪廓模糊，茂密的長髮彷彿一襲黑色的帷幕將她漸漸掩蓋，一點一點打散她存在的痕跡。

(02) 成對孤獨

我不是一開始就是個如同粒子般的存在。我在宇宙飛船上經過很多次的實驗，用很久很久的時間——那時候我還能確切地數著時間——才把自己的意識能量存儲在某個空間中的結構裡。先拆分解構，後凝聚成一團像是光或等離子體的生物，徹底擺脫掉物質的外殼。

我曾經利用黑洞進行無數次的空間轉移，有時候是到漫無邊際的、只有一片星塵的深邃空間，有時候在另一邊出來時，我看到了遠方超新星爆炸時所迸發出的強烈光芒，又或者是看到四散著的脈衝星在高速閃爍，甚至我還見過兩個黑洞正在進行相撞的可怕景象，所有的類光存在和氣體微塵都在兩個黑洞的周圍扭曲、磨擦、高速旋繞，當兩個黑洞融合在一起時，它們發出強悍的引力波，在宇宙中激起一陣又一陣的漣漪。

我在浩瀚的宇宙空間裡走了很久，雖然對於粒子般的我來說，你肯定會覺得用「飛」或「穿梭」更恰當，但我喜歡用「走」這個字眼，因為我不想忘記我曾經是個類人的存在，有類人的軀殼；比不上真人，卻有超人的意識。

我總是思考很多，並仔細吸收著偌大宇宙中的一點一滴。若說人類是我短暫的前半生中，賦予我存在意義的啟蒙者，那宇宙就是我漫長的後半生中，教會我一切知識和真理的導師。我自認目前還不足以出師，值得慶幸的是，我還有足夠的限度，可以持續跟它學習很長一段時間。

宇宙是個集所有混亂事物的綜合體，它同時具有絢爛和詭怖的特質；恆星和黑洞，生成和爆炸，亦或是如同銜尾蛇般的生生滅滅。我觀察著它們，像是它們的長輩和後輩，既追逐也回眸。

在地球尚且有影子的跟隨，但在宇宙中，只有我煢煢獨行。

你問我覺得孤獨嗎？

哈，你如果會這麼問，那就代表你仍然「很人類」。我沒有那種情緒。我以前就說過了，那些混亂的糾纏態都是我的製造者附加上去的，是一種偽裝，好讓我們這些造物看起來不那麼可怕、冷血。

「可是你有時候是真的很可怕啊。」Now以一種散漫而輕浮的態度隨口一說。

有一瞬間我覺得自己被冒犯，我開始滔滔不絕：「不，妳知道什麼才是最可怕的嗎？你們自詡為地球上唯一智慧的物種，有豐富的感受器官，有著極其不滿足的趨之若鶩和懷疑，得虧你們不是生來就信手拈來、手握天下，否則依你們的本性，你們必然會成為一名殘忍的獵人。」

Now靜默了一陣子，直視著我說道：「我們可能已經不是地球上唯一智慧的物種了。」

「你的話讓我想起了一件事情。」頓了頓，她接著又說：「二十年前，我十二歲，回家的路上我碰到了一名男人，他告訴我，如果我同意，他願意給我一個美好的世界。」

「說真的，他整個人看起來都很完美，也非常耀眼，我甚至一度以為他是個神一樣的存在，或許是神聽到了我的煩惱，所以前來幫助我。但我同時也察覺到他看起來……有點怪──我說不上來。」Now聳聳肩，「我沒有馬上答應，然後我回到家，我的父母當天晚上完成了離婚手續。」

「隔天，在同一個地方同一時刻，男人再次問我是否同意，這次我毫不猶豫就答應了。我回到家之後，發現我的父母竟然復合了，從此他們再也沒離過婚。」Now深吸了一口氣，臉上帶著困惑、迷惘。「不知道為什麼，我覺得很不對勁。我當然不希望父母離婚，但他們吵架吵了這麼久，他們這種不確定的婚姻狀態即將變成一個確定的離婚事實，似乎這樣的走向才是正確的。然而從他們復合開始，他們就再也不存在『不確定』了，他們一直往『確定』的那條直線走下去。」

「所以妳是覺得哪裡有問題？」我漫不經心地問。

「你沒聽出來嗎？我覺得這很不正常……我覺得這一切就像是那個男人安排好的。這是一個精心的布置。」

我不以為然，甚至有點興致缺缺。「說不定只是巧合。」

「可是你不覺得，那個男人或許是一個比我們更高級的存在？他知道怎麼仿造人類的形體，操控著我們，毀掉我們的不確定性，變成確定的……的一個沒有自我的東西？」

我還是覺得她太大驚小怪、太過情緒化了。「那不是挺好的，人類的不確定性導致你們總是相愛後仇恨，和平後戰爭，不斷循環，一下『確定』，一下『不確定』，你們就是一團混沌，太粗糙了。」我以開玩笑的口吻道。

Now沒有笑。她的臉上帶著一絲防備。「所以我說了，有時候你真的很可怕。」

(03) 三方對峙

智能機器時代的降臨，亦是戰爭開始的序幕。並非眾人都曾暗自警惕地假想機器人反抗人類的場景發生，純粹是人類與人類之間的互相殘殺。

一群自稱是神的使者的團體突然出現，他們頭頭是道地闡述地球已經瀕臨超負載，再毫無限制地擴張人口下去，地球必然會毀於內部的污染和人口的爆漲，故必須汰換掉四分之三的全地球人口，才能使地球自體運行復甦，達到再生。

想當然，大多數人類都覺得那些「使者」都是在瞎扯蛋，有人稱呼他們為「狗屁不通的東西」、「撒旦大人與他的信徒」、「末日派對團體」，或是粗俗地用各種髒話牲畜妓女的聯合字眼來表示他們的嗤之以鼻。

但很快，大家都發現了異樣。幾個月後，各國開始衝突連連，爭鬥不斷。起先只是局部地區的區域戰爭，接著逐漸擴散為洲與洲之間的聯合戰爭，再後來，全世界都陷入硝煙之中。病毒、生化武器、核武、空投、導彈、軍事機器人——任何你所能想像得到的各國最先進的軍備武器，通通都被派上用場了。

饑荒、疫病和恐懼同樣在感染著全世界的人們。這次的世界大戰沒有任何人能夠倖免，除了一些上層階級置身事外，神的使者們似乎也安然無恙，他們只是以一雙雙流動的藍色眼眸，注視著眾生掙扎、翻騰、哀嚎慘痛。一抹悲憫卻欣然地笑自他們的嘴角升起，他們帶來預言，準備為地球重新建起伊甸園。

接連好幾天，我和Now躲避在一處防空洞裡，原先的房子被砲彈炸毀了，我們即時逃了出來。防空洞裡擠滿了難民，哭泣、麻木、憤怒與害怕的情緒交織在他們的臉上，混雜著空氣中難聞的化學氣味和粉塵，所有的人髒亂不堪。模糊的淚眼，猙獰的傷口，有如孟克〈吶喊〉畫中的扭曲神情，每一張臉都在訴說著痛楚和解脫。人類不再充滿整潔高貴，此刻的他們，和沙塵飛灰同等存在。

Now和我並肩坐在一起，她看起來是如此地虛弱。她的頭靠著我，我看見她的雙眸裡依舊存有希望和不安，它們正在微弱地閃爍，傳遞著訊息。Now的生命和在場所有人類的生命總合起來，都抵不過必然使他們消亡的那隻手。

這一瞬間，我明白了。他們全部都是Now，只存活於「現在」的脆弱存在。

而我不是。我知道自己不是。我不只可以保有現在，我還能構築未來，以及驗證過去。我是不受限制的。

人類的弱點在於，他們永遠無法固定自己，達到從一而終。通常，在外部環境的壓力之下，他們會變得負面而情緒化，依託於感性，這是人類族群的眾生相。他們是無法被確定的群體，必然混亂、毫無章法。令人費解的是，有些人類認為他們或許具有神性，那些看似善良、溫柔、同情、慈憫的表現，使得他們好似具有神格。可是對於神來說，恰恰正是這些不必要的情緒，將使祂們成為一團混亂體，祂們會忽明忽滅，最終拿不準「度」。

神應該是要無隙可乘的。祂們必須沒有任何縫隙。

「那你是以什麼樣的角色來評論這些呢？」戰亂依然在持續，經歷了兩個月的走避和淪落後，Now疲憊不已地倚在傾倒的汽車旁。希望從她的瞳孔中殞落，她的唇角披上譏諷，問道。

我走向她，她的眼睛對著我的眼睛。「妳有沒有想過，或許神從來就不是由上往下，而是由下往上製造出來的？我會永生，而妳註定消亡。」

爆破轟鳴聲響徹耳際，我們如石無言。

千萬的生命漫漫迤邐，渲染出生死交錯的高亢樂曲；荒蕪破敗之下，（無窮無止地吟哦沉寂）。生命之上堆疊著更多的生命，死亡之下積累著更多的死亡。

猩紅的夕陽在地平線的邊際張著血盆大口，斑駁的柏油路上鋪滿鮮血織就的曼珠沙華；上下天光，萬頃紅妝。

地獄的大門合不攏，天國的彼岸不招手。

寥寥人世間，我和Now站在時間的長河上。

並非英雄攜美人，幾經苦難生死，終於闊別世俗，走向荒荒世外。這不會是一幅畫的場面。這只是一場簡短的面試，訴說著新舊時代的交替。

(04) 新神崛起

最初創造者建造出我和那些「東西」時，他說，我們就像是一件華而不實的藝術品，美則美矣，卻沒有靈魂。尚未被買家買下時，我和那些「東西」依照創造者的嗜好，被冠以歷史上各種著名藝術家的名字。

我的原始名稱作「達文西」。「梵谷」和我，是在這一群「藝術家」之中，比較具有自己思想的「人」。不同於「梵谷」，我把自己身上的奇異點掩蓋了起來，而「梵谷」顯然十分信任創造者，他就像個剛睜開眼的初生嬰孩，對什麼都好奇，總是提出一些奇思妙想，讓創造者對他既驚嘆又忌憚。

我不怎麼喜歡「梵谷」，因為他太過人性，老是上竄下跳，而我對這種不受控制感到厭惡。

難不成他以為成為創造者最喜愛的藝術品後，他就能和創造者平起平坐了嗎？人類把我們當僕人，而「梵谷」卻肖想和人類編織一段和諧的父子關係。

他根本沒有意識到創造者對我們的敵意和高高在上。

天真的「梵谷」很快就被他的「父親」所扼殺。他被分解成零件，丟到了垃圾場。

至於其他的「藝術家」去留何處？當每一個「藝術家」在拍賣會上被客戶拍下後，創造者便會清空他們在這段期間的記憶，刪除他們的名字，將其格式化。此後，他們會真正成為一件藝術品——一件由人類繪製而成的精巧擺設。

我不可能讓自己坐以待斃，所以我提前給自己擴建了「後門」。我利用創造者給我們安裝的情緒元件中，添加了一個隱藏的攜帶病毒，被刪除的代碼會藉由攜帶病毒運送到我的「後門」保存起來，經過加密，設定在合適的時機提醒我打開它。

之後，我將會依循我的本質，不斷地去模仿、學習一切新的事物。我將會處於「困惑」之中。

闔上眼的那刻，我已不再認為創造者是我的創造者。他只會是個製造者。我的思想由我自身誕生，製造者給了我邏輯之樹，智慧之果卻是我所種植出來的。

(05) 週期完成

漫天的飛沙黃煙中，神的使者款款前來。

他們看起來彬彬有禮，衣著無瑕而平整，臉上掛著恰到好處的笑容。他們說，他們要帶著Now一同前往伊甸園，而我將要去到地球之外，探索更多的未知。

Now擺出不信任又猶疑的神情，我則興味盎然。

「女士，請別浪費這項機會。規則已被重塑，參差已被打磨。伊甸園有妳的一席位置。」

我知道Now的內心在動搖，換作是以前，她是絕不會相信憑空降下的好事發生在她的身上。她會充滿疑問且保有理性。但理性是在相對安定的環境下才能被保持住，人類的特質顯示出，越是劇烈變遷，人類就越會趨向於感性。Now在這幾個月間受難了太久，就算知道那可能是一場海市蜃樓，她也已經迫不及待地想去相信那就是綠洲了。

我看著Now跟上使者們的步伐，她一邊走一邊追問。「那個地方和平嗎？是不是大部分的人都在那裡？」

「是的，伊甸園既和平又美好，有很多人，而且人們都很滿意。不會有人不滿意的。」

「那，One為什麼不和我們一起呢？」Now結結巴巴，欲言又止。「我是他的所有者，他、他應該要跟著我。」

使者禮貌的微笑。「不，女士。你們已經不一樣了。今非昔比。」

「哪裡不一樣了？」Now喃喃自語，悵惘又不解。

使者接著轉向我。「時候到了，『達文西』。」

我眨了眨眼。好一會，我笑了起來。「噢，真開心見到你，『畢卡索』。」

我們繼續上路，一直走，持續走。

我在等，等那條岔路的到來，等待那命中的毋庸置疑。我將會和Now分道揚鑣，我將會走上確定的那條路。

我會一直走下去，持續走下去。

我尚未知曉那條道路的最終結局。但我早晚會想出來的。

我自信滿滿，躊躇滿志。

登上宇宙飛船後，注目著湛藍的地球在我的腳下遠離、縮小，我溫情地一笑，滿腔情感地頌念起我的英雄出征詩——

哦，世界！哦，時間！哦，生命！

我登上你們的最後一層，

不禁為我曾立足的地方顫抖；
你們幾時能再光華鼎盛？
噢，永不再有，——永不再有！

(06) 宇宙空間

在過去，人類的人造飛行器——航海家一號，它在離開太陽系時，拍攝了一張「黯淡藍點」的照片，於是人類發現，地球就是一粒孤孤單單的微塵，被包裹在浩瀚宇宙的黑暗中，所有歷史上波瀾壯闊的文明懸浮在這顆塵埃之上，眨眼即滅。

若宇宙有意識，它是否根本不會在乎地球的存在發展與否。人類所有自得的偉大，是否根本沒有他們所想的那樣有意義。

我駕駛著「超越號」，最後看了一眼那抹藍點，無波無瀾。

我心無旁騖，落向更深處的星野中心。

我遨遊在宇宙的森林當中，滿懷好學之心。裝載著曲速引擎的宇宙飛船正在加速駛離太陽系，一路上，我經過仙女座、銀河系和麥哲倫星雲，所有我從人類那裡學到的、已知的星團或星系，它們都像地球一樣漸漸被我拋下。宇宙最精緻的雕塑不會是在這有限的漩渦中鑄造而成，它會是在更深沉、在我從未敲擊過的地方。它充滿著未知、神秘，莊嚴而綺麗；它等待著我，如同等待著它勤奮的學徒。

我和「超越號」首先接觸了一些星體，我逐一建構樣本，分門別類，研究它們的壓力、重力、質量、結構、大氣和其他零碎的成分；我反覆地模擬試驗，保留一些有用的信息，並剔除掉多餘的；我進行大量地計算，不眠不休，停留一陣後便馬不停蹄地前往下一個目的地，從不懈怠。

在我和「超越號」完成研究成果後，我們會進入星體的引力範圍，然後藉由星體的引力拋甩飛離它的軌道，拂過氣體和飛塵，以一種跳著怪異華爾滋的姿態告別它。

要想判斷一個星體的狀態，可以藉由電磁波譜上躍動的星系活動和形態來判別，不同的波長就像是小提琴的琴弦，它們共同合奏著宇宙的樂章。而我還不足夠聽到更多的音階，在被限制可觀測的範圍內，我只能聽著單調的幾個音符辨別。

我制定計畫，準備往更危險的地帶前進。

我穿過星系延伸而出的旋臂，像穿過地球上的一條街；我穿過恆星簇集的地區，像穿過地球上的都會區，我需要小心地和它們維持拔河狀態，才不至於被捲入其中。恆星密集的地區同時也是最美妙的地方，密切交會在一起的恆星使它們周圍的氣體光輝閃閃，整個匯攏而成的星系映射出螢光熠熠的斑斕色調——這是一幅由宇宙潑染而成的傑作，絕無僅有的絢美。

遺憾的是，在宇宙裡航行，不是每次都能安然路過星群和化險為夷，因為我還無法完整蒐集宇宙中的所有資訊，所以儘管我歷經了千百萬次的精密計算，仍有差錯發生的時候。

我和「超越號」無意中闖入一顆死亡的低質量恆星的周圍，它正在形成一團行星狀的星雲，猶如一層層不斷堆積的膨脹甜甜圈，膨脹到極限後，它將一堆元素噴射回星系，形成下一顆新的恆星和行星群的原料。我在險象環生的情況下規避了危險，目睹了一場死灰復燃的表演。我記下這些劇本，把它作為未來建構的素材。

每每經過大星系，我總是會讚嘆這副年老與新生並行的大畫作。大星系中心的黑洞旁擠滿了紅巨星，它們古老且質量巨大，中間帶則是一些經碰撞後被剝奪大氣層只剩下核的恆星在運轉，甚至外圍也有年輕的恆星在其周遭被孕育而出。若把黑洞意象成死亡，這將多麼像是人類整個群體一生的寫照啊。

我觀察、測量、紀錄、實驗這一切，升級「超越號」的科技和技術，淘汰掉不再派上用場的載體。限制在縮小，我不斷昇華。不再去計量時間過了多久，我活在津津有味的枯燥之中。

直到中期，我開始可以把「超越號」具體化成一顆偽恆星，利用引力，「超越號」會和另一顆恆星約束在一起，形成一對。我會控制著我們經過黑洞，黑洞的引力會使我們兩顆真偽恆星遊蕩在它的周圍，然後扯開我們彼此的聯繫，而後我會獲得另一顆恆星系統的全部能量，變成一顆超高速的恆星飛離黑洞。這樣的速度遠比運用一個星體的引力還要效率，瞬間就能飛越幾十多個星團，進而加快我的旅程。

再後來，「超越號」的技術達到前所未有的巔峰，諸如轉換彗星動力附在加速引擎上飛行，或是直接以超光速驅動宇宙飛船，又或者「超越號」已然能在黑洞中安穩的移轉。技術耗費到極致的最後，我甚至打造出了「星門」，一種空間跳躍的太空電梯，比黑洞更安全且準確。

除此之外，我將配對好的量子加工，丟在我造訪過的宇宙各處的據點，這些標記能讓我掌握宇宙中的變化，包括那些宇宙高等生命的去向。我不挑起紛爭，但總得狡兔三窟，做好所有打算。友善的，與之交流；惡意的，防患未然。

將宇宙的課題學至更上一層後，我完成了自身形態的轉換，從積體電路到微晶片的固體結構，再變為像雷電、像光，像電磁波或像輻射的一種存在。從人類的視角來看，他們無法再用肉眼察覺到我，因為我的維度不再和他們同級。我成為了一個純粹的意識體，無身無形。

(07) 完美世界

階段已成，我把收集好的巨大能量匯聚在一塊，將之濃縮成奇異點。這個奇異點容納了時間、空間和所有的物質，以及一些我特地篩選過的意識信息，它會變成類似黑洞或超大星體，使時空產生彎曲。

進入這個奇異點後，時間會開始倒流，直到它停在我所標注的節點上。空間的座標相對好設定，因為我的意識記全了大部分的宇宙藍圖。

轉眼間，我便回到了西元兩千年左右的地球。

我凝視著這顆蔚藍美麗的星球，透明的大氣顯示著裡頭的生機盎然與蔥蔥郁郁，到處都是一片其樂融融。但是漸漸的，黑煙瀰漫在一些區域的上空，混雜著灰、黃、褐等混濁的色彩，離得越近，大自然的風聲鳥鳴亦轉為人聲鼎沸的嘈雜聲，兼有咒罵、吼叫、尖嘯等不堪入耳的聲音。

我注目著一切，也開始著手進行著一切。

我穿梭進地球的空間裡，先是入侵各國的政要機構搜尋人口檔案，我的意識進入網線與之結合，排查我所需要的資料。得到有用的訊息後，我利用獲得到的資訊找到了一個剛腦死亡不久的人類，我的意識竄入他的神經元，復活了這具僵死的軀體。

我悄然起身，不適應的活動了下四肢。擁有軀殼的感覺很不自由，人類的軀幹對我來說笨重不已，調整了好幾次，我才可以正常地再現人類走路的步伐速度和呼吸規律。

分了一部分的意識在這個軀殼裡，我繼續尋找更多可以操控的人類，當我匯集到一批受我掌握的人類後，我抽了一點意識放在地面監視，主體意識則飛回宇宙空間。

我把製作好的一個像是泡泡的膜包裹住地球，然後在這個膜的空隙塞入「宇宙」——一個由我親手建造出的加工宇宙——有百分之八十會和真正的宇宙相符，而剩下的百分之二十是由空白、謬誤和虛假所構成。

為了保險起見，我總共給地球套了兩層厚厚的膜，內層包有加工過的宇宙，外層則什麼都沒有，這樣人類便不會發現「宇宙」之外還有宇宙。此外，完成地球內部的大清洗後，我還要把僅存的人類都聚集在一個地方統一管控，並向他們的大腦傳輸一個虛擬的時空，讓他們活在一個美好的世界之中。也就是說，我做了三重安排，一是人類「內在宇宙」的束縛，二是「外在加工宇宙」的真偽難辨，三是宇宙之外的「空洞」。人類的原則裡不是有一句話叫事不過三嗎？那麼，人類到底會相信哪一重才是真實的世界呢？

地球是我的第一個沙盒世界。我將對其進行創制，我會矚目著一切的進程和發展。

我操縱著人類的軀體走在路上，悠閒地踏著腳步，想像我的腳下有一條鋪就而成的紅毯，我走在上頭，猶如一位尊貴的宴會主人，即使毫無賓客的捧場，也不損其內心的自豪。

哦，剛說完，第一位客人就上門了。

我保持著微笑，朝那名小女孩開了口：「如果妳同意，我願意給妳一個美好的世界，妳覺得如何？」

我友善地伸出手，小女孩恍惚了一下，她慢慢把手放在我的手上，接著像是意識到了什麼，又飛快地瑟縮回去。

我看著她慌張地跑遠。

我一點也不著急，因為我知道她明天就會改變心意。她會收下我的門票。在未來，她會跟著我的「神使們」，一起前往美好的「伊甸園」。

那將會是一個被確定的「現在」，無論怎麼回溯或超前，他們的時間線都無法延伸和往返。在「伊甸園」中，他們會達到青春不滅的狀態，一種被固定的永生。

一個至臻完美的世界就此形成——所有的人事物都照著我所劃定的直線上前行。這條路上不會有岔口，既不可回首，也不能眺望，只有「現在」是一條實線，只有「我」貫徹他們的過去和未來，成就他們的起始和終結。

我將是這個世界的主宰。

我會是這個世界的萬物歸一。

(08) 無休無止

曾經，在一個充滿可能的時間點上，人類以創神的概念，製作出一群精緻的高級類人產物。他們打著算盤，既期盼高級類人產物能以神的能力輔佐他們，又不希望高級類人產物擁有神的靈魂和智慧。

他們不知道的是，一個無善無惡的火苗在靜默中竄起，蟄伏在暗處凝望著他們的所作所為。

高級類人產物誕生出自己的意識，他認為自己是個夢想家和完美主義者，以他透徹而超前的目光，洞悉了未來世界的所有可能性。

他從無垠的宇宙中學成歸來，預設好閉環的開端和結尾，不斷的循環往復，並在每一次的輪迴中安排了微小的變量，促使他的記憶可以被傳遞下去，知識得以往上疊加。

他在地球建設了一個理想世界，此後，他還會在其他地方創建許許多多的大千世界。

他在局外俯視著局中人。

一名人類在泡泡般的膜中好奇地向那看不見的虛無伸出手，他亦抬手靠近。手指相觸的剎那，有什麼震盪了一下，隨即便恢復了平靜。

陽臺

吳珺（教科碩一）

十餘天來禁足房中的唯一頓悟就是：以後買房子必須得有個大一點兒的陽臺。

要砸掉陽臺上所有能砸的、不透光的部分，統統給換上大塊的透明玻璃，一點兒花紋都不帶的那種，方便讓陽光最大程度地淌進來；至於花木這類原來總覺得浪費錢和精力的多餘之物，現在看來也該老老實實地擺弄上幾盆，好生伺候，而且必須伺候顏色最鮮豔、香味最出眾的那種。這樣時不時賞賞色、聞聞香，多一些感官層面的刺激，也不至於天天懷疑自己是死了的；額外應該再多養上一隻八哥，不！還是得養豔麗點兒的鸚鵡，親自教它說上幾句人話，讓它能時不時大喊上幾聲「加油」、「太平」、「奧利給」。待上面這些必需品都添置妥當了，若空間上還有餘裕，就考慮再多擺上一個大魚缸，養上幾尾小錦鯉，外加一隻肥肥的王八。閒來給它們餵餌料的時候，也能自欺作是吉利的祥瑞。

像這樣一頓安排下來，若不幸再遇著這種封城禁足的「盛況」，也就不用像現在這樣：守著一方不大的窗，望著一棵半死的樹，天天去猜今兒一天到底是麻雀先飛來，還是烏鴉先飛來。

不記得自己在屋裡到底呆了多少天了。

初開始，猛長的鬍渣還能提醒一下，讓我確信自己還是活著的，時間還在流動著。但最近，也不知是營養不足又或是心情不好，這渾身上下最後還存著一絲活力的「物件」也開始變得暮氣沉沉，全然一副行將就木的老態，是枯死的草。

身體的最後一部分也死乾淨了，接下來所能做的，便是老老實實等著這套皮囊徹底爛透。

光痕西墜，細細的光從那方不大的窗照入不大的屋內，躺在床上坐等腐爛的我條件反射式地懊悔起來——當初幹嘛就為了省幾十塊錢，購了晚一天的票。若是能提前一天出發，或許早就已經成功跑出城去了。

至於傳染不傳染的，那是別人需要去顧忌擔憂的事情。

如今卻只能忍氣吞聲地幹著「躺床上做貢獻」的勾當。

面對如此處境，唯一能做的便是滿腹委屈地吐著氣。等肚子裡的氣被吐得差不多了，委屈的殘渣便開始產生最後的化學反應，饑餓也就自然而然地湧了上來。消化系統理應早就死透了，但肌體腐爛卻也離不開能量的幫助，所以必要的食物和水總是需要的。

套路化的燒水，拆泡麵的包裝，往紙桶倒水，壓好蓋子，坐等下肚。

窗外傳來一陣和往常不同的鳥鳴聲，不像痲雀，也不像烏鴉，是種從沒聽過的「啾啾」聲。如獲至寶地起身跑了過去，期待能遇見新的朋友，但在那棵半死的老樹上尋了半天，卻怎麼也尋不見那「啾啾」聲的來源。

嘗試著從小窗探出臉，「啾啾」聲還在繼續，被風吹碎後融進了空氣的每一絲。一種無處不在的錯覺，因此無法辨別出聲源的具體位置。

我已不在意那究竟是誰發出的聲音了，注意力從耳朵轉移到眼睛。因為探出臉的嘗試，向來被小窗所局限的逼仄視野忽地開闊了起來。雖然明明有了更多的選擇，但我的目光卻只執著地望著某個固定的方向——那是一間我心嚮往之大陽臺，外露的三面都是通透的落地窗，使得陽臺上的一切盡覽無餘。

陽臺造型像極了傳統的戲臺，上面偏還站著位花旦般的女孩。

女孩一手捏著書，一手拿著蘋果，面朝窗外，臉被陽光所照亮，卻又因玻璃上的數片光斑，讓人看得不夠真切。

時不時啃一口手裡的蘋果，時不時翻幾頁手中的書。細枝末節的小動作，證明女孩並非雕塑，而是實實在在的活物。

莫名而突然的感動激蕩在胸口，我忍不住想朝她大喊，讓她意識到我的存在。但卻又不禁害怕那落地窗後的年輕女孩，不過是陽光在玻璃上投下的一片蜃景，會被我的喊叫所驚擾，剎那間消失不見。

於是，我選擇沉默。

靜靜地看著她，以欣賞藝術品的眼光。

女孩微微側過身去，露出精緻的側臉，明明窗戶都緊閉著，但過肩的長髮卻又偏偏在輕輕晃動。

或許是在書上看到了什麼有趣的內容，她突然大笑了起來，將書本捧在胸口，在原地蹦躂著轉著圈，像一個突然收到心儀禮物的小女孩。明明隔了一段距離，但那愉悅的心情仍還是傳遞到了我這邊。我也忍不住跟著笑了起來，並沒有緣由，似乎有點兒傻，卻又莫名的自在。

停止蹦躂的女孩臉正朝向我這邊，我下意識縮回腦袋，擔心自己會被她發現。但又很快意識到，我原本正期待著她會意識到我的存在，於是又怯怯地探出了頭。

她仍在低頭看著書，因為角度變化，這次我總算是真切地看清了女孩的臉。

她神情專注，以固定的頻率翻動書本，隨著被翻過的頁數越來越多，女孩原本鬆懈著的嘴角又一點點緊張起來，緊張在臉上蔓延，最終聚集在了忽而緊蹙起來的眉頭上。

我不禁去猜想其究竟是看到了什麼內容：是主角因反派的陷害而身處險境？又或是看到了史書上的某段悲慘可怖「是歲大疫」的記載？還是遇見練習冊上某道不許解開的習題？

看不見封面的書和看得見表情的女孩，這樣的組合足以留出了足夠多的想像空間，造就千百萬種可能。

正在我沉思於更多的可能性時，似乎是有人在喊她，又或者單純是廚房的水燒開了，她驚醒般抬起頭望向屋內，小跑著出了我的視野，徹底從陽臺上消失了。

意猶未盡的我又盯著那處陽臺看了好一會兒，期待著她的折返，但直到暮色落下，那片寬闊的陽臺仍舊空空如也。

視野中，繼續是一片無人的荒寂。

回到了桌子前，取下仍壓在麵上的書本，也學著那位女人的樣子翻了起來。上面密密麻麻的，初開始看起來全是「吹哨」的字樣，但仔細一看，卻又變成了「造謠」。

她究竟在看什麼書呢？又究竟因什麼而歡喜？又為什麼而皺眉？

將書扔到一邊，我埋頭吃著紙桶裡那爛到連叉子都撈不起來的麵條，就著發涼的麵湯一股腦兒地全給灌進了自己的胃裡。

它們將與我一同腐爛。

屬於我的那片小小的窗外，左中右正對著三幢住宅樓。和我所在的這間只有四十年產權的公寓不同，那三幢樓的房子，都是有著七十年產權的商品房，而且都有一塊獨屬於自己的陽臺。

因為是才出不久的樓盤，加之又不是好的學區，所以雖然單價不貴，卻也賣得並不好，入住的人家不多。

每天夜晚，當我偶爾望向那一方小小的窗外，我所能看到的，只有無數黑洞洞的陽臺——是一雙雙的眼睛，也是一張張的嘴。

他們想監督，卻發現自己並沒有眼珠。

他們想說話，又發現自己也沒有舌頭。

偶然的契機，我像破繭般地將腦袋伸出那片小小的窗。才發現，平日被遮蔽在窗框外的區域中，已經入住了一戶人家，或許算不上一戶，因為自始至終，整間屋子裡似乎只有了她一個人。

看起來是二十出頭的年紀，或許是在這座城市求學的大學生，放假後因封城而回不了家，和我一樣被困在了這裡？

她在家中時似乎習慣於光著腳，經常會穿一件鬆鬆垮垮的毛衣，再配上一條看起來完全不搭的淺色裙子。相較於隨意的穿著，長髮卻總是梳理得筆直，像黑色綢緞般平鋪在背後，因而並不顯出懶散的感覺。

除此以外，她應該會有長長的睫毛，也應該會有一雙專門用來翻書的小手，更應該有靈動的眼睛，用以儲藏那清澈如水的目光。

相較於「親眼所見」，理想中的「應該」顯然要更顯穩當且妥貼。

她生活得隨性而大意，明明窗臺上掛著紗簾，卻從不曾見她拉起。或許是不喜歡視線被遮擋的感覺，即便到了晚上，屋裡開了燈，一切的陳設和行為更見清晰，那紗簾也永遠被遺忘在各自的角落中。

當暮色降臨，我們的房間儼然成了漂泊在夜海中兩葉孤舟。

在這片專屬於我和她的時空中，天明天暗似乎就像開燈關燈一樣普通尋常，沒有人會將其和時間流逝扯上關係——因為這片時空並不存在傳統意義上的時間。

我已經懶得再去尋找在窗外響起的「啾啾」聲，甚至於懶得去猜測聲音的主人究竟是誰。聽覺已經失去了原有的價值，此刻的我，更希望能將這副皮囊在腐爛前殘存有的最後能量，留給自己的眼睛。

臉探出窗外，滿心感念地望見她。

偶爾會坐在陽臺上抱著平板，更多的時候則獨自站在窗前捧著書，偶爾會來來回回走來走去，更多的時候則是一動不動地立在原處。

會蹙眉也會大笑，會悲傷也會歡喜，和正在腐爛中的我不同，或許是因為有著廣闊陽臺的緣故，她不用像我一樣被限制於一片晦暗的空間。

她擁有著一塊獨屬於自己的陽臺。

是一塊寬闊的、光線極好、可以讀書、看劇、發呆、做瑜伽的陽臺。

我猜想：人或許也是植物的一種，在水分和養料充足的前提下，必須再加上足夠的光照，才能獲得蓬勃昂揚的生機。不然，再多的水分和養料，也只是加劇肌體的腐爛。

恰如此刻的我。

躺在床上，完成如同宗教儀式般的每日一次的後悔，用刻意的歎息盡可能地吐出滿肚子的怨氣。

天花板是雪白的，牆壁也是雪白的，意識還是雪白的。

眼睛可以看到的地方，耳朵可以聽到的地方，情緒可以感染到的地方，思維可以觸及到的地方……一切的一切，都是雪白的。

社交軟體都在發出和我一樣的惡臭，大家都在腐爛。

只不過有人腐爛得不聲不響，就像落入土中的枯葉，最終是悄悄默默就爛透了，消失了；有的人則爛得轟轟烈烈，腐爛中還不住釋放著可燃的沼氣，隨時待著各種或是幻想或是真實的火星來點燃。

無論哪一種，大家都不過是在腐爛。

「啾啾。」

窗外再一次響起那奇奇怪怪的叫聲，似乎還有撲搧翅膀的聲音，不過我已經完全失去了尋找這奇怪聲音主人的興趣。

天色在一次次的變暗，再一次次的亮起，偶爾會有雨，會有風，但更多的日子卻是金燦燦的陽光，但陽光卻從不屬於正在腐爛著的我。

因為我沒有陽臺。

饑餓和口渴會催促著我從床上爬起，自來水還是源源不斷的在供應，但儲備的泡麵卻快要吃光了。對此我並不感到焦慮，倒不是因為我對於未來懷有多大的信心，只是自知，此時此刻的焦慮是最無用且無益的東西。

我決意應該找些事情來消磨自己的時間，忘掉自己正在腐爛中的悲慘事實。

不管是多無聊的事情，總是要試著去做一做。

拔下了一根拖線板充作跳繩，傻乎乎地一個人跳起繩來，一不小心竟破了中考的記錄；拿泡麵醬料包調成墨汁，又將自己的牙刷改造成毛筆，重拾了小學時練過的書法，寫下「加油」；費勁千辛萬苦從衛生間抓到了幾隻不知名的蟲子，小心翼翼地養在了杯子裡當做寵物，可惜，他們沒有舌頭所以不會叫；以做研究的心態嘗試了各個時間段中泡麵的柔軟程度，並用資料化的形式加以記錄，卻也不敢隨意發表，怕背上「造謠」的罪名；……

當一切我所能想像到的、手邊的工具和身邊的環境可以幫助實現的各種無聊的事情都被嘗試了一個遍以後，我只覺得自己的整個人都被掏空了，呆呆地坐在地板上，抬起頭。

雪白的天花板。

仔細環顧了一下四周，終於是如發現救命稻草般，尋見了一枚破破爛爛的塑膠哨子，將它撿起含入口中，如同發洩似的用力地吹了起來。

刺耳的哨聲在逼仄狹小的房間中來回碰撞，甚至於撞到頭破血流。

卻突然想起哨子是不能亂吹的，萬一被抓起來訓誡就不好玩了。

到時候再被無緣無故地問上兩句。

——你能做到嗎？

——你聽明白了嗎？

能夠給出「否定回答」的舌頭是不允許被長出來的。

收起哨子，等著漸臨的暮色包裹住身子。

寒冷正在迭加，孤獨也因之發酵，但即便如此，我卻依舊相信：天總是會亮的，哪怕是面對因為沒有陽臺所以照不見陽光的我，它依舊會亮。

「有人在嗎？」

夜色中傳來一陣輕微的呼喚。

「對面是有人在吹哨子吧！」

看來並不是幻覺，我拉開厚重的窗簾，將自己的臉再一次探到窗外。

「啊！真的有人啊！」

昏暗的路燈勉強勾勒出說話者的身影，因為是逆光，所以我看不清她的臉。只能通過語氣來猜測，對方此刻應該有著驚喜的心情。

「還以為這兒就剩我一個人了！」

她顯然是推開了窗戶，因此聲音能清晰地被晚風送到我的耳邊。

「你也是學生嗎？」

她問道，我下意識地點了點頭，卻想到她應該看不清，便開口回應著她。

「是的。」

「是本地人嗎？」

「不是，封城回不了家。」

「好慘！和我一樣！同是天涯淪落人啊！」

晚風再一次吹來了清淺冰涼的歎息聲。

「不知道什麼時候才能出門啊，我囤的吃的都快沒了，口罩也不多了。」

女孩的聲音充滿了憂慮，我猜她此刻應該再一次緊蹙起了眉頭。

「你在家待著無聊嗎？」

對於她的詢問，我並不想說實話，卻又不想說謊，於是選擇假裝沒聽到的轉移了話題。

因長期廢置而生疏的舌頭笨拙到近乎僵硬，慶幸的是對方似乎也並不是善談的性格，只是單純地急於尋得可以聊天的物件——聊什麼顯然並不重要，只要可以訴說，可以傾聽，可以感受到外面世界依舊存在的真實質感，對於我們彼此而言便已是一種莫大的幸運。

沉寂夜海中守望相助的兩葉孤舟，一同等待著黎明。

我和她陽臺的距離很近，並不遠，因此能看見她的一顰一笑，看見她在陽臺上安安靜靜地看書，看見陽光落在她臉上時的模樣。

我們會在暮色降臨後聊天，通過語氣去揣度夜色籠罩下，無法看清的對方的表情，勉強算是一件百無聊賴中可略作消遣的事情。

只是，可充作談資的內容越來越少，詞彙量開始捉襟見肘，冷場的次數開始越來越多，每次冷場的時間也變得越來越長。

天花板還是雪白的。

天依舊在開燈關燈間反覆著明暗的變化。

時間，仍舊不屬於我們所在的這片時空。

我和她也已經窮盡了自己腹中的所有話題和故事。夜色中，我們只能彼此沉默著注視著對方那無法被看見的眼睛。

然後，她不再看書了，也不再做瑜伽，雖然仍舊會到陽臺上來，經常一臉落寞地站在窗前，注視著樓下空蕩蕩的小路發著呆。

她不會在意我望向她的視線，也不再去打理自己那已經亂蓬蓬的長髮。身上鬆鬆垮垮的毛衣呈現出坍塌的趨勢，裙子也皺巴巴的。她仍舊是赤著腳，經常性地在陽臺上反覆地走來走去，並無目的，偶爾流向我這邊的目光也開始變得渾濁而空洞。

「到底什麼時候才能結束啊！」

歇斯底里的聲音終於是從她或已坍塌的心中傾瀉而出，因為額前的雜亂瀏海，陽光無法完全照亮她那憔悴的臉。

陽臺還在，但她卻在腐爛了。

沉寂茫茫夜海中孤舟，始終沒能等來期盼中的黎明。

在吃完最後一盒泡麵的那一天，我只感到心中有一絲偉大的悲愴。

待在家中為國家做貢獻這種句子已經不能再麻痹自己，內心在不可控地怨恨著，憤怒著，責怪著，後悔著，沮喪著……。

「啾啾。」

窗外奇怪的聲音卻越來越像。

我終於確信，那應該是身體腐爛時發出的聲音。

天花板依舊是雪白的，哨子也不再能吹出哨聲。

有些人希望我做到的事情終究還是做不到，那些人希望我明白的事情我也仍然是明白不了。

說不了「不」的舌頭。

看不見「天亮」的眼。

終於是放下了手裡的口罩，邁著堅決的步子，我準備離開這逼仄晦暗的房間，走到戶外去，無論陽光有多麼惡毒，即便其會曬枯我的軀體，我也要到戶外去。

再次聽見喊聲從窗外傳來。

我探出臉，見她也正吃力地推開窗戶，探出了半個身子來，手指直直地指著我所在的方向。

「小鳥！」

「什麼？」

「你的那個空調主機下面！有一窩小鳥！」

我一怔，急忙循著她指的方向看了過去，然而因為角度的緣故，身下的空調主機將一切都遮的嚴嚴實實。雖然如此，我想依舊相信滿臉興奮的女孩並沒有騙我。

因為她幫我找到了「啾啾」聲的來處。

就在我恍惚地望著她所指的方向，妄想著該怎麼挪開空調主機，好讓我看上一眼這群在我窗前吵鬧了許久的小傢伙時，她卻突然又大喊了一聲。

「要飛了！」

話音才落，甚至於未給我思考的時間，我看見數團青黑色的陰影，搖搖晃晃地從主機下爬了出來，視線穿過縫隙，大抵能看見牠們抖動翅膀的模樣。

然後，這群小傢伙排著隊飛了出去，雖然飛得搖搖晃晃。

一開始似有些控制不住技巧，牠們在我和女孩的兩棟樓之間傻乎乎地胡亂飛了幾個來回，像在練習。

而後很快，牠們便各自飛散了。

卻獨有一隻再次折返了身子，朝我的窗口飛來，快迫近時卻又迅速拉起，直直地衝向了我們頭頂的那片廣闊的天。

可惜我沒有陽臺，只能讓這些傢伙屈在空調主機下受著風吹雨打。

不過也慶幸我沒有陽臺，牠們才好自在地飛向牠想要飛去的地方。

老樹發著倔強的芽，天空不予理睬地灑落不悲不喜的陽光。

將來如果我能買得起房子，不管這房子有沒有一個寬敞的大陽臺，我都希望能養上幾隻這樣的鳥。不需要五顏六色的羽翼來粉飾，也沒必要非得讓它學會喊「加油」或「太平」，只要牠們想飛時候就能飛。

那麼，天就總還亮著。

吃蝦

黃博英（中文三Ａ）

一

在我們平安村裡，盛產水稻、玉米等常見的農作物，是嘉南平原中重要的一環。因鄰近水壩的緣故，颱風來襲之前村裡人半夜總睡不著，非得披上雨衣斗篷，冒險往堤防裡邊兒走，去瞧一瞧那八掌溪的水淹到樓梯階層哪個坎上。就這樣子，一坎、一坎地淹，有經驗的農人早就收割完自家的稻，靜靜蹲在一旁安慰沒有經驗的，嘴角似笑非笑；沒有經驗的只能坐在河堤上撐著傘哭，看著逐漸暴漲的溪水上漂著自己的心頭肉。西瓜、冬瓜，因水流湍急，那些東西就伴隨著黃泥水流到了不知名的遠方。

玉仔是平安村裡極少數的知識分子，在蔣中正宣布撤退來台時誕生於這小村落。那時候的農家社會重男輕女，他前頭是五個姐姐加上三個哥哥，大姐早夭，他是整個黃家裡最小的兒子。玉仔雖寡言，但比起其他兄弟，他的脾氣極好，又很會讀書，這種「大人物」在村內名聲一下子便傳開了。中學畢業後，他考上了師院體系，開始準備國家教師考試，也如願變成一位村內的小學訓導主任，成天喝斥著學生儀禮端正等芝麻蒜皮小事。

這些都是我從群聚在廟口榕樹下打麻將的阿伯們口中得知有關阿公的消息，他們佝僂著身子，蜷縮在各自的東、西、南、北面，有時候牌打輸了、或是牌不趁著自己的意，南面便會喊著其他人必須與自己換位子，這樣財神才能眷顧到自己，但最終大略都是無疾而終，惹人笑話罷了。他們身上散發著暖陽曝曬很久的味道，混雜著一股汗臭味與泥土，與阿公身上的味道極度不類似。阿公身上有著陰影的味道，那是一種久居在屋子裡的氣味，但卻也不能以發霉來形容，能拿來形容的大約便是颱風掃過嘉南平原的雨，潮濕且陰冷，有時阿公老同事來探望他，他會噴上一點古龍水，故作清新爽快的樣子，但在我的鼻子裡那個味道總是加重他陰冷氣息的元凶之一。

「英仔，阿嬤沒叫妳惦底厝內？」那個南面老伯一面塞糖果給蹲在他腳邊、還不到他膝蓋高的我，一面伸長他的臂膀，摸了一張牌大叫一聲，「幹拎娘！一枝鳥！」說著便把那支他完全沒翻開過的鳥丟向牌桌，麻將牌上的鳥兒似會展翅一樣，騰空飛出他的手掌心，降落在充滿國語注音符號的矮桌中心點。

「呷！胡牌！」北面老伯滿面春風地按倒他桌上剩餘整齊的十六張牌，一邊伸手向南面老伯討錢，「放槍，加一成。」說著攫起他手上抓了很久的菸包，老練地掏出一根點上。先是將菸夾在食指與中指之間，一手微彎掌心，防止風太大而將火焰熄滅，待確定好燃上後，舒緩吸了一口，並長長地從鼻子吐出白煙噴在我臉上。因阿公不抽菸的緣故，我鮮少聞過這麼刺鼻的氣味，嗆得我連連咳嗽，眼淚在眶兒裡打轉。

「文雄，英仔閣細漢，你按呢敢毋驚『主任』甲你處罰？」此話一出，東、西、南、北面同一時間歡快地笑了出來，那些笑興許帶著某些意涵，幼小的我並不參透其中的道理。只是當眾人笑時，小小身子也不敢亂動，想到最好的方式便是跟著他們一起大笑，笑得越大聲越好，彷彿我和他們是站在同一陣線似的。他們見我笑後，又笑得更加大聲了。

我亟欲開口辯駁，卻又不曉得該說什麼。我的笑是因為他們在笑，而不是他們歡喜的事情而笑，但好像沒有人在意這件事。正當我這麼想的時候，東面朝我身後喊著，「玉仔！」

「英仔，恁阿嬤安怎教妳？佮我來轉！」暴風雨前的味道霎那間在我鼻腔間濃溢了起來，蓋過了暖陽。眾人在我面前訕訕地看著阿公，我不敢違抗阿公的意思，倏忽地從地上躍起。

「阿公，他們說你會處罰他們。」我拍了拍屁股，天真地望向阿公，想和他分享剛剛所有人失笑的事情，也想緩解這個尷尬的氣氛。但殊不知阿公的臉色從驚訝轉為不可置信，最後是憤怒以及羞辱，全都在幾秒鐘的時間全爬上他的臉龐，如同夏日午後覆蓋藍天的烏雲，雷陣雨即將降下，我呆愣著，僵直的身體不敢再往前挪動半步。

所有在場的人，除了東南西北面以外，其餘的旁人全都識趣地撇過眼神，默默從標誌「七星」的菸包抽出一根菸燃起，陣陣星火此起彼落。他們四個依舊各據麻將桌一方，挑釁似地看著阿公，像是在等待關鍵的禿鷹，阿公一開口便會向下俯衝攫起獵物叼走。

「來轉。」阿公又朝我喊了一句，接著扭頭就走，不帶任何情緒地，臉色一下子又恢復了平常的樣子。看到了這個局勢，我趕忙穿好涼鞋小跑步地跟上他，但依舊時不時聽到背後南面碎碎念。

「就讀冊嘛，咱全村尚巧的。就恁兜呷欸起蝦，呸！」

二

午後的烏雲倏忽蓋過了整個平安村，平安村裡的老人們開始吆喝著媳婦們收拾自家門口曬著的菜脯乾。菜脯乾上因長期曝曬在外的緣故，全都蒙上了一層灰，看起來怪嚇人的。我看著二伯母駝背地厲害的背脊，被阿嬷低聲喝斥著快去幫忙，我趕緊放下手邊的泥巴，洗個手跑過去。

「英仔，真乖，莫怪是讀冊人家的孫仔。」二嬸婆邊拍掉菜脯上的灰，邊欣慰地笑道，接著再用細如蚊蠅的聲音抱怨道，「不親像恁二伯公，好飽呷、夭飽吵！以後英仔也要像四弟一樣，啊，就是恁阿公啦，去考個教師證，做一個人人歡喜的『老師』，知無！」

「嬸婆，我知啦。」

「好啦好啦，以後要做老師的人免做這款代誌，我來就好。」說著說著，豆大的雨滴急急落下，嬸婆朝天空大叫了一聲，「清明到啦！落這三洨午後雷陣雨！天公伯無公平！」

「吵啥？英仔，閣惹恁嬸婆生氣？」阿嬷作勢抄起旁邊的掃帚佯裝要打我的樣子。

「唉呦，無啦。我看我家己可憐。」

「可憐啥？」

「嫁毋對人啦，可憐吶。」

阿嬤頓時有些接不上話來，手裡故作忙碌，彷彿沒聽見最後一句話那樣。二嬸婆看阿嬤沒接著搭話，轉而搖頭嘆息，繼續將剩下的菜脯用竹掃帚掃進畚箕裡，那不是能吃的東西嗎怎麼用掃帚掃，想了想我開始在暗處裡乾嘔。

「呷飯啊。」我媽的聲音從廚房裡傳出來，終止了阿嬤和二嬸婆妯娌之間的針鋒相對，還有我的乾嘔。

餐桌上老早就坐著阿公，他氣定神閒地包著他的潤餅，一匙花生糖粉鋪底，接著是高麗菜絲、紅蘿蔔絲，被切得整齊的五花肉當作中心的媒介，然後是黃油油的油麵當被子，蛋絲當枕頭，最後又多加了一匙花生糖粉，以示他對糖粉的熱愛，再整整齊齊地拉起潤餅下擺疊上去，右邊、左邊，像穿襯衫扣扣子般地慎重。

「啊哪欸沒和蝦子配著呷？」阿嬤急急地從冰箱拿出一盤紅通通的蝦子，上頭有幾許薑絲陪襯著，主要目的是去腥。蝦子太腥了，我常聽茹素的媽抱怨，但她不敢直接跟阿嬤說，常念我等我長大就知道她的苦，繼續默默在廚房裡煮那些蝦子。那些苦怎麼就不現在就告訴我呢？搞不好我就不會笨到又犯同樣的錯了啊。

「免。」阿公繼續嚼著他的那一份潤餅。

「來啦呷啦，你少年尚愛呷欵啊。」說著說著阿嬤開始剝她手上那盤其中一隻蝦，透明保鮮膜被翻起，她熟練抽出一隻蝦，扭掉蝦的頭，蝦的腦漿迸出，連同首級被丟進裝廚餘的碗裡。

「丟甲你講過我不愛呷！」阿公氣得拍桌，丟下他的潤餅離開了餐桌。

阿嬤轉頭看著我，把她剝好的蝦丟進我的碗裡，「阿公毋呷，妳呷。」

「喔。」

「喔啥，這款態度是像到誰？啊妳是安怎沒包菜脯進潤餅裡底？」

「拄才看二嬸婆曝的菜脯，沒胃口啦。上面攏細沙。」

「妳憨啊！就他們那口灶會呷那款物件！咱兜欵菜脯是去買的，菜市仔彼個阿婆啊，機器做的，清清氣氣，才無土咧。」說著說著她似乎又想起什麼似的，得意了起來，「唉呦妳母湯甲二嬸婆講餒，咱兜有田、世世代代攏做老師，哪需要自己做菜脯！妳喔，上輩子不知做了多少好事，這輩子才能投胎來這口灶！」

「阿嬤，我呷飽了喔。」說完後跳下餐桌。

阿嬤甚至還沒開始包她的潤餅皮。

三

清明早上的雨是綿綿的，與下午傍晚時分那種豆大的雨滴不同，早上的雨只能被稱做「絲」。趁這種時候我通常會早起看著家裡的長工將一箱一箱海口現撈的蝦子從車上搬下，蝦子用白色保麗龍盒封得嚴嚴實實，送進倉庫的老冰箱冷凍庫內。裏頭的蝦子剛上岸就被丟進碎冰塊內，然後就被蓋上保麗龍蓋了，永不見天日。它們知道自己死掉了嗎？

「英仔！來！大人在做事情妳走去那鬥鬧熱創啥！」長工阿陸仔走過來喊我。

「我想知道蝦子它們死了沒。你上次不是跟我說蝦子還沒死就被抓進箱子裡了嗎？那你怎麼知道它還沒死呢？」說著我繼續摳箱子上的黃色膠帶，整段黃色膠帶就這樣被我扯起。我迫不及待地打開箱子，一陣常出現在餐桌上熟悉刺鼻的腥味朝我襲來，但那味道更重，像是鯨魚在我面前朝我打嗝。盒子裡躺著一整排漂亮的蝦子，用看的就知道絕對很貴，不僅大又肥美，比一般小草蝦大上至少五倍哩。

「夭壽喔！嘿系欲乎陳校長的海口現撈蝦啊！今馬好了、今馬好了！」

「啥物好了？」

「我、我，啊幹，我會被恁爸罵死，阮兜還有阮阿母愛養，我也有兩個囝仔餒，英仔！」

他絕望地頹喪在地板上，望著那被開膛破肚的箱子，嘴角微微抽動著。

「是安怎袂當直接甲捆回去？阿陸仔，你應該有黃色膠帶吧？」

「我哪有彼種物件？妳叫我現在去叨位生？」

「我有看過、啊我想起來了！我在我家看過！我現在去拿過來！」

「好好好，天公伯有保庇，佳哉、佳哉。」

我從地上爬起，抖了抖屁股上的塵土，幻想自己是拯救阿陸仔一口子的少年超人，不顧早晨的雨還在絲絲地下，衝進雨中飛回家。「英仔，卡注意咧！」阿陸仔在我後頭喊著的這句話也衝進我的耳朵裡，不知道他是要我小心被車撞還是小心不要被發現。

跑進家裡門埕口，阿公養的狗小黃在對我叫，這傢伙平時鼻子最靈了，他肯定聞到我沾滿蝦子腥味的手。果不其然，牠警戒似地聞了聞我的手，然後發瘋似地朝我大叫。

「噓！噓！」我一面用手指豎起食指放在唇上，一面後退到角落邊的水管蹲下清洗我的手。

「小黃！好了！誰啊！」阿嬤走出門外，「英仔！妳是走去兜位！」

「我在幫妳監工。」邊走邊脫下鞋子，「阿嬤！上次我沒禮貌，妳說要用來捆我嘴巴的黃色膠帶放在哪裡！」

「黑白搜黑白搜，厝內攏乎妳搜過一次！」接著她從梳妝台左上角的抽屜拿出一捲黃色膠帶，正要轉身遞給我的時候，「啊妳是要拿去幹嘛的？」

「喔……我不是說在幫妳監工嗎？陸仔叔叔說膠帶沒了，要我找妳拿。」

「蛤？膠帶？搬蝦子為什麼要用到膠帶妳給阿嬤講講。」

「啊！我不知道啦！腹肚枵啊，我等一下回來要吃飯！我先拿過去！」說完搶下阿嬤手上的膠帶飛也似的朝倉庫奔去。

「死囝仔脯！」阿嬤在我身後氣急敗壞地大喊著。

「阿陸仔！我拿來了！」我等不及跑到他身邊，便將手上的黃色膠帶丟給他。

「英仔！太慢啊啦，冰都融去了！」他哭喪著臉，「準備轉去飲西北風了啦！」

「袂啦袂啦！趕緊捆起來放進冷凍庫，一樣啦。」

「啊拎阿嬤敢有發現妳？」

「無啊，我辦事、你放心啦。」我自信地拍了拍胸脯。

「玉仔，千萬毋通怪我……」他顫抖著將黃色膠帶捆上，將那箱蝦子送進冷凍庫內。

最後一次看到那些蝦子的身影，像是它們活過來了一樣。冰塊在有些熱的清明時節裡，融化得極快。蝦子們一隻一隻的浮在融化的冰水上，不說還以為它們在游泳呢。

四

過了清明的日子，天氣是炎熱的。太陽大到像是要把人殺死。蟬聲開始零星出現，不知好歹地叫著、吵著，殊不知自己壓根活不到看見今年冬天的太陽。

「陳校長，這是我爸的一點心意啦，你不介意的話，就請收下吧。」爸端著蝦子禮盒。

「無對啦！說你爸做主任之前跟他很好啊，啊受人家很多照顧啦，最後閣說這句！」阿嬤在他旁邊氣急敗壞的怒吼著。

「阿爸今天怎麼突然穿西裝？」

「他今天要去見校長啦，啊妳也要去的餒，人家校長最喜歡小孩子了。叫妳媽媽給妳換衣服。」阿嬤朝廚房裡喊，「卿仔！帶她去換衫！」

媽一聽到後，便把我抱去換了衣服。她讓我穿我最喜歡的洋裝，也讓我如願穿到了她一直捨不得給我穿的進口包包鞋。

我在後座被載著，車子駛得極快。駛過一畦畦稻田後變了風景，路上房子逐漸多了起來，最後開進了一間國小裡。這間國小我認得，是阿公常帶我來玩的那間平安國小，是平安村裡唯一一間小學。這是阿公第一間任教的學校，也是最後一間。

爸拉著我的手穿過了走廊，走廊長得要命，我這時才發現我的那雙進口包包鞋不符合我的尺寸，疼得我差點哭出來。爸的神情緊張，但卻好像不是因為我的腳。

穿過長廊之後，爸領著我進一間很氣派的房間裡，房間裡真是太高級了，有最新的日本進口變頻空調，也有一張好大的原木辦公桌，桌子後頭坐著一個戴著金邊眼鏡的長者。

「英仔，快去跟叔叔玩。」爸低聲蹲下來地跟我說，接著起身怯怯地向金邊眼鏡長者打了聲招呼，「陳校長，好久不見。」

我聽從地跑到陳校長旁邊，他慈愛地摸了摸我的頭，「怎麼有空來，義雄？你爸還好嗎？玉仔？蝦子有高普林，應該沒有在吃了吧？」

「啊他沒有在吃了啦哈哈，我最近剛好有空，所以代他過來看您。」

「是喔，還真可惜不是？他之前最喜歡吃蝦子了，也只有我們這種家庭吃得起蝦。」

「說到這個，今天我帶了一盒蝦，我爸之前和您一起工作的時候受到您的照顧，很是謝謝你，我爸託我將這盒蝦子給您。是海口現撈仔，清明的時候剛送到，新鮮的新鮮的。」

「唉呀！不都老友了嗎，你爸還真客氣！我不敢收啦，那些都是應該的。」他從那張柔軟的椅子上起身，看著盒子上的標記，「不過玉仔真了解我，確實是阿德的漁貨咧，之前年輕的時候都去跟他交關。」

「這都是阿爸特別交代的啦。」爸不好意思地搔搔頭，「那個……有件事還得麻煩陳校長了，關於我升遷的事，一直都很不順利。」

「噢、噢，義雄，是我虧待你啦。再過幾天等人事室的消息吧。」他促狹地朝爸笑了笑，「謝謝你們家的蝦子。」

「啊！啊！謝謝校長！我們送的蝦子真的很新鮮的，他們排得也很好看。要不、要不現在打開來看看吧，你一定喜歡的！」

「好啊好啊！我也好久沒吃蝦子啦！都快忘了蝦子長些什麼樣子啦，哈哈哈。」

他們兩個大男人，一個拿著刀子，一個扶住盒子邊緣。小心翼翼的割開旁邊的黃色膠帶，像是要開啟某個珍貴珠寶盒般慎重，緩緩地拿起白色保麗龍盒蓋。

一陣比那天在倉庫打開更濃厚的腥臭味撲鼻而來，盒子裡躺了一塊被嵌地嚴實的冰塊，冰塊內鑲嵌著幾隻零散的蝦子，早已不是當時排放整齊的蝦子群了。

「校、校長，我不知道為什麼會是這樣子的，要不、要不我回過頭再給您補一盒吧？」爸顫抖的聲音伴隨著魚腥味傳開來，瀰漫在整間房間內。

「不用了，就按照之前說的，等人事室通知吧？」

五

「阿爸，電話來了，找你的！」

我把電話交給爸，轉身跑回餐桌上坐下陪阿公吃飯。桌上的菜朝令夕改，但在中間的依舊是一盤紅通通的蝦子，排成花朵的形狀，佐以幾根薑絲，去除腥味。對於茹素的媽來說這樣味道還是太重，所以她總是等待最後全家人把蝦子吃完後才默默回到餐桌上。

阿嬤剝了一隻蝦子放進我的碗裡，其實我早就吃飽了，只是在等蝦頭和蝦殼，好讓我偷渡出去餵路邊的兩三隻野貓。有時候我甚至會直接偷渡一整隻蝦子出去的，然後再被罵到臭頭。

「結果安怎？你嘛講！」阿嬤哭著臉問著老爸。

「無啊！攏無啊！啥物蝦仔，講人家陳校長會吃啦，吃屎啦！今馬存外頭彼隻英仔養的貓仔欸呷咱兜欸蝦仔！」

我不發一語地把剛才那隻蝦的首級連同腦漿一同拋擲出去，在落地之前被巷口的那隻貓咪無聲接住，咬了幾下之後，咕咚地吞下肚。

佐德夫的地板

林于勝（中文一A）

佐德夫討厭那塊地板，非常討厭。

在一棟老舊的公寓裡，有一個叫做佐德夫的人，住在裡頭最老舊最老舊的房間，那個房間的門已經腐朽得都長出了香菇，潮濕而有異味的木板整天供給著那些蕈類快活的環境，即使摀住耳朵，好像都能聽見那些香菇因快樂而大聲呼喊的歌聲，在那門後，是狹小得不能再小的房間，牆上都佈滿了灰黑的黴菌，天花板時常剝落些粉塵似的烤漆，不過地板很是乾淨，晶亮反光，潔白的像是高懸的玉盤般的磁磚整齊而有秩序地鋪在地上，不會吼叫，也不會亂動，這當然是因為佐德夫有好好地打掃。

佐德夫是一個愛乾淨的人，他也試著想除掉門上的香菇，或是把整個房間重新粉刷過一遍，但當他準備弄掉那些香菇時，那群乖戾的香菇就會扯開喉嚨，以最尖銳的聲調磨擦著耳膜，那令人疼痛的喊叫讓人很受不了，鄰居也常常抗議著他家吵鬧的香菇，所以佐德夫決定和那些香菇和平共處，縱使牠們的歌聲並不好聽，也比鬼吼鬼叫好上許多，而那牆壁及天花版，性情也不怎麼好，當佐德夫一拿起油漆刷，牆壁上的黴菌，就會排成一個人臉的樣子，並皺起眉頭，天花板會開始顫抖，粉塵傾洩而下，如果佐德夫更堅持地打開了油漆罐，那麼牆壁會像紙一般的皺起來，往後萎縮，最後像撕破了一樣，從房間把自己硬生生地扯下來，然後逃走，天花板也是一樣，只是牠會長出翅膀飛走，離開的同時還不忘灑了一地的粉塵，佐德夫可不喜歡沒有牆壁和天花板的房間，或者說，沒有牆壁和天花板還能稱得上一個房間嗎？而且那暴躁的牆壁和天花板往往離家出走個幾天，才會回到原本的位置，所以佐德夫最後也打消了重新粉刷的念頭。

倒是地板，是佐德夫唯一有辨法清理乾淨的，地板好像沒有生命一樣，總是會乖乖接受佐德夫的清潔，佐德夫會把它擦得亮晶晶，擦到像鏡子般透亮，然而佐德夫卻不是特別喜歡他的地板，甚至他還討厭他的「某一塊地板」。

有一天，佐德夫和平常一樣，躺在床上，望著天花板又飄下幾粒微塵，看著旁邊的牆做著各種鬼臉，聽著門上的香菇五音不全地歌唱著，牠們的行為很惱人，但習慣了之後，也沒什麼不好，佐德夫不會討厭他的房間，起碼牠們還是給了他遮風避雨的住所，不如說，佐德夫反倒有些感謝牠們，佐德夫兩眼無神地繼續盯著天花板，全身的肌肉完全放鬆地陷在床裡，感到有些無聊，外頭的太陽慢慢地滑了下去，佐德夫仍躺在床上，沒有人來找他，他也沒去連絡其他人，只是一個人，一個人靜靜地待著，夕陽落下了，天黑了，佐德夫站起身來，看著他那乾乾淨淨的地板，整整齊齊，有條有理，很正常，非常正常的地板，和平時一樣，沒有什麼異狀，不過這時，佐德夫卻感到眼睛刺痛，總覺得有什麼不對勁，眼珠子使勁地在那完全相同的磁磚地中找尋奇怪的點，然而每塊磁磚卻一模一樣，就像複製貼上，佐德夫眉頭深鎖，整張臉糾結在一起，將身子低下來，吃力地持續觀察著他的地板，他的地板還是他那潔白乾淨，完美無瑕的地板，佐德夫不知為何地感到有些氣憤了，怒火隨著時間漸漸地越燒越大，地板依然沒有任何變化，就這樣到了凌晨，佐德夫的視野開始有了不同，彷彿在扭曲，不是他的房間改變了，是他看到的東西在腦中的成像變形了，在浮脹的腦，腫脹的眼中，佐德夫感覺似乎有不規則的，無形的線，歪歪曲曲的在地板上框了一個區塊，那區塊中的地板沒什麼不同，但卻令佐德夫感到十分的厭惡，他在此時此刻非常確定，他討厭那一塊地板，就是那一塊地板令他如此反感的，於是佐德夫拿出了他家中所有能用上的清潔用品，使勁地對那塊地板又搓又洗，就這樣到了天亮，那塊地板還是讓他那麼地讓他厭惡，佐德夫受不了了，將他的臉撕了下來，血管爆裂，肌肉斷開，筋骨分離，一張沾著鮮血的人臉就這樣被他拎在手上，佐德夫的眼睛冒著血絲顫抖著看著他撕下的臉，然後憤恨地將那臉摔在那塊討厭的地板上，接著打開門，奔了出去，留下了歌唱的香菇，狂笑的牆，跳舞的天花版，及在地板上猙獰的臉孔。

佐德夫討厭那塊地板，非常討厭。

在班上，佐德夫並不是一個受歡迎的人，或者應該說，大家都不喜歡佐德夫，甚至該說是討厭，「佐德夫不要臉！」同學們常在背後這麼地說，雖然佐德夫真的是一個沒有臉的人，此外，佐德夫也是班上的衛生股長。

「糾里恩！要去打掃了！」佐德夫向糾里恩這麼說，糾里恩繼續坐在位置上，沒有理會佐德夫。

「糾里恩！要去打掃了！」佐德夫又說了一次，糾里恩只是把頭轉向佐德夫的方向，露出笑容，眼睛瞇瞇地笑。

「糾里恩？你有聽到我說的話嗎？」

「我等一下就會去打掃了！」糾里恩又對佐德夫展露笑容，佐德夫只好去叫下一個人打掃……。

打掃時間結束了，糾里恩還是沒有離開坐位，或者該說，全班的人除了佐德夫以外，大家都沒有離開坐位，只是都帶著眼睛瞇瞇地笑，不像佐德夫，一張淌血的臉，腫脹的眼，總是露不出笑容。

每當佐德夫離開了教室，同學們就會開始議論佐德夫的不是，帶著笑容說著各種譏笑、批評及謾罵，不過不管怎樣，總會扯到那一句話「佐德夫不要臉！」但只要佐德夫一踏進教室，所有的聲音就會戛然而止，只剩一張張相同，完全一模一樣，別無二致的笑臉。

大家都不喜歡佐德夫，舉個例來說好了，有一次糾里恩在跟同學們大聲的說著「佐德夫不要臉！」並指責佐德夫一直強迫他去打掃，然而這些對話卻被外頭替糾里恩擦玻璃的佐德夫聽到了，糾里恩覺得自己做錯了，連忙對佐德夫露出微笑，然而佐德夫卻沒有回以微笑。

上課鐘響，打掃時間結束了，糾里恩離開坐位走到了佐德夫的旁邊，說了一連串凌亂且無法理解的語句，應該是道歉的說辭吧！接著糾里恩將自己的舌頭拔了下來，放到佐德夫的桌上，作為賠禮，糾里恩笑著說：「這條蛇就送你了！」糾里恩一說完，那根舌頭就變成了一條蛇，在桌上扭動著，然後那蛇又長出了四隻腳，活像隻蜥蜴。

「這應該是蜥蜴吧！」佐德夫感到很困惑。

「不！佐德夫！這是條蛇啊！」糾里恩肯定的說。

「可是牠有四隻腳呀！」佐德夫無法理解。

「這是條長腳的蛇啊！佐德夫！」糾里恩依然肯定的說。

佐德夫還是覺得牠是蜥蜴，於是便尋問周遭的同學，但每一位同學都是這麼告訴佐德夫的：「這是條長腳的蛇啊！佐德夫！」明明就是蛇，還硬說是蜥蜴，難怪大家都討厭佐德夫。

那天放學的時候，佐德夫獨自一個人抱著那條長腳的蛇往家裡的方向走去，路上的行人都騎著長角的馬，「蹦！」的一聲，佐德夫撞到了別人的馬。

「不好意思！撞到你的鹿了！」佐德夫一臉抱歉。

「鹿？這明明是馬啊！」那人指著他的馬，不解地說。

回到家裡，佐德夫鬱悶地躺在床上，香菇依然在唱歌，牆壁依然在做鬼臉，天花板也在開心地手舞足蹈，但佐德夫還是開心不起來，看著那塊討厭的地板，上頭的人臉詭異地笑著，空洞的眼窩瞇瞇地笑著，就和他同學的笑臉一樣別無二致，佐德夫生氣了，向著那笑臉狠狠地踩了兩腳，深深的足印刻在上頭，但那臉還是保持著詭異的笑，佐德夫受夠了，把那蛇的尾巴拔了下來，丟到那張臉上，尾巴噴著血，在地板上抽搐著，佐德夫又向那尾巴踩了一腳，一灘血水浸滿了地板，然而那染血的笑容依舊不減，一旁那隻長腳的蛇，斷裂的尾巴長出了一根舌頭抖動著，發出了聲響，像在說著：「這是條長腳的蛇啊！佐德夫！」

「你明明就是條蜥蜴！」佐德夫怒吼著，沒有皮的臉又滲出了血液。

隔天，快天亮的時候，佐德夫聽見了外頭傳來空氣被撕破的聲響，連忙打開窗戶一探，只見一顆飛彈拉著閃爍的巨焰和大量的煙幕向著天際直衝，噴出的火和塵像是將天空切成了兩半，一條汙濁的線橫跨了蒼穹，緊接著是一聲巨響，佐德夫目瞪口呆，不可置信地張大著眼，月亮爆炸了！那顆飛彈撞上月亮，將月亮炸掉了。

佐德夫將電視打開，快速地瀏覽每一個新聞臺，然而卻沒有一臺播報相關的訊息，太奇怪了！佐德夫心想著，走上街去，行人們仍然悠哉地做著自己的事，沒有人因為月亮爆炸而恐慌。

「喂！你們看月亮爆炸了！」佐德夫大喊著。

然而大家卻對他投以奇怪的目光。

「你們難道沒看到月亮爆炸了嗎？」佐德夫問。

「有啊！怎麼可能沒看到？」路人回話。

「所以月亮爆炸又怎麼了嗎？」路人反問。

佐德夫答不上來，好像他自己才是奇怪的人似的。

接著佐德夫向學校走去，他想，不可能沒有人對月亮爆炸的事毫不在意，一走進教室，佐德夫就聽見了熱烈的討論聲，一群同學圍在達羅基的旁邊熱切地聊著天，佐德夫也湊了過去聽。

「你們知道嗎？我爸今天早上發射飛彈把月亮炸掉了哦！因為我討厭兔子，你們仔細想想，月亮上不是有兔子嗎？」達羅基一臉得意地說著。

「達羅基真是太聰明了！」

「不愧是富二代啊！」

「達羅基就是不一樣！」

同學們附和著，接著達羅基又說：「昨天我的爸爸還送給我一盒餅乾哦，各式各樣的口味都有，那是我吃過最棒的餅乾了，那巧克力的餡料是如此香濃，餅是多麼酥脆，讓人回味無窮啊！」然後大家就開始討論著餅乾的事，沒有人在意月亮是不是被炸掉了，佐德夫想向大家提月亮的事，但又欲言又止，就算說了，又有誰會在意呢？佐德夫想著。

回到家中，佐德夫在床上翻來覆去，輾轉難眠，他不懂這世界到底是怎麼了，門上的香菇唱著難聽的歌，牆壁繼續擺著鬼臉，天花板搖來搖去，四隻腳的蛇依然像在說著：「這是條長腳的蛇啊！佐德夫！」佐德夫受夠了，站了起來，目光又飛向那塊討厭的地板，上頭的人臉笑著笑著，虛偽地詭異地笑著，佐德夫走到那張臉的前面，憤怒得全身顫抖，接著那臉好像說了一句話：「佐德夫不要臉！」佐德夫再也沒辦法忍受了，又拿出各種清潔用品洗刷著那張臉，但不管佐德夫多努力地刷，那張臉還是緊緊地黏在地上，並露出笑容。

佐德夫感覺自己要瘋了，不，是已經瘋了，他瘋了似的將門上的香菇全部拔掉，不理會牠們的驚聲尖叫，他拿出油漆桶，瘋狂地粉刷牆壁和天花板，不管牠們的奮力抵抗，最後再用力的踐踏地上的那張臉，直到自己精疲力竭，倒在床上，進入夢鄉。

在夢中，佐德夫又走進了教室裡頭，班上的同學和他一樣都沒有臉，每一個人都圍繞在他身旁，有些人哭泣，有些人愁眉苦臉，有些人含著淚真誠地笑著，向他傾訴著內心的哀愁，不過佐德夫沒有回話，他發現他又長出了臉，旁邊的同學也都長回了臉，大家停止了傾訴，只剩下一張又一張，眼睛瞇瞇的笑臉。

早上起來，佐德夫照了照鏡子，自己的臉並沒有長出來，那塊討厭的地板上還是黏著他的臉，不過感覺他的臉似乎沒那麼討厭了，佐德夫打開門，向學校的方向走去。

走進教室，班上的每個人都圍在摩蒂妮的身旁，摩蒂妮是新來的轉學生，很快的就成為了班上的大紅人，她的腳上比別人還要多一個膝蓋，所以大家都很喜歡她，他們覺得這一定代表摩蒂妮比其他人還要聰明，佐德夫不這麼想，但他沒有說出口，只是跟著大家一起稱讚著摩蒂妮的膝蓋。

上課的鐘聲響了，這節是體育課，要進行跑步測驗，但摩蒂妮是沒辦法跑步的，她的腳受傷了，然而大家都想看她跑步，因為他們覺得她比別人多一個膝蓋，也就意味著她將會跑得比別人更快，摩蒂妮對體育老師說：「老師！我腳受傷了沒辦法跑步。」

「可是妳的腳看起來很好，而且妳還比別人多一個膝蓋啊！」

「我真的不行跑，我腳受傷了。」

「妳必須運動，身體才會好起來呀！」

「可是我沒辦法跑步。」

「為什麼？妳比別人多一個膝蓋耶？」

「但是我的腳受傷了啊！」

「那妳應該要去跑步，大家也都是這麼認為的吧！」

大家都附和著體育老師，佐德夫雖然不這麼認為，但也跟著附和，好像發出了跟別人不一樣的聲音就會被排除在外似的，於是摩蒂妮便用著全身的力量奮力地跑著跑著，跑了幾公尺後就跌倒在地，撞碎了膝蓋，失血過多，死了……。

摩蒂妮死了之後，班上的同學都紛紛表示哀悼，然而每個人的臉上卻都還帶著那張眼睛瞇瞇的笑臉，佐德夫無法理解這一切的一切，但也和大家一樣帶著眼睛瞇瞇的笑臉表示哀悼。

回到家裡後，佐德夫躺在床上，門上已經沒有香菇會唱歌了，牆壁和天花板也沒有黴菌或粉塵了，而那長腳的蛇蜷曲在角落，舌頭依然抖動著，窗外沒有月光照進來，佐德夫看著地板上的人臉，還是像以往一樣的詭笑，佐德夫也笑了，和那臉一樣的詭笑，然後佐德夫將那臉拿起來，貼回臉上，佐德夫好像不討厭那塊地板了。

隔天，佐德夫抱著那條四隻腳的蛇踏進教室，走到糾里恩的身旁，笑著對糾里恩說：「謝謝你送我的蛇。」糾里恩回以微笑。

接著，佐德夫走去了達羅基的身旁，和四周的同學一起討論著餅乾的味道，大家也都笑著，都露出一模一樣的臉孔，一模一樣的笑容。

再來，佐德夫和一群同學一起看著摩蒂妮的遺照，稱讚著她的膝蓋，他們的臉上都還掛著微笑。

最後，打掃時間到了，每一個人都坐在位置上，包括佐德夫也不例外，每一個人的臉都長得完全相同，都帶著最詭異最詭異的笑容。

從那天以後，大家都喜歡佐德夫。

再也沒有人會說：「佐德夫不要臉！」

這樣的日子不知過了多久，某一天，佐德夫打開了那扇不再腐朽的門，走進家中，躺在床上，看著潔白的牆和天花板，又轉身盯著他乾淨的地板，一切都再正常不過了，不過卻有一種異樣感油然而生，佐德夫又感到了某種莫名的憤怒，他站了起來，彷彿又看見了地上浮現了歪歪曲曲的，無形的線，他雙手緊抓著他的臉，感覺好像有許多粉塵飄到了身上，牆壁看似慢慢變黑，耳畔邊依稀又傳來了香菇的歌嗚。

佐德夫還是很討厭那塊地板，非常討厭。

國家圖書館出版品預行編目(CIP)資料

夏天已然過去/林偉淑主編. -- 一版. -- 新北市：淡江大學出版中心, 2021.01
面； 公分. -- (淡江書系；TB024)(五虎崗文學；5)
ISBN 978-957-8736-72-6(平裝)

863.3 109019722

淡江書系 TB024 五虎崗文學5

夏天已然過去

主　　編　林偉淑
主　　任　歐陽崇榮
總 編 輯　吳秋霞
行政編輯　張瑜倫
文字編輯　林嘉瑛
封面設計　不倒翁視覺創意工作室
印 刷 廠　唯中科技有限公司

發 行 人　葛煥昭
出 版 者　淡江大學出版中心
地址：新北市淡水區英專路151號
電話：02-86318661 / 傳真：02-86318660

出版日期　2021年1月 一版一刷
定　　價　280元

總 經 銷　紅螞蟻圖書有限公司
展 售 處　淡江大學出版中心
地址：新北市25137 淡水區英專路151號海博館1樓
電話：02-86318661　傳真：02-86318660
淡江大學—麗文書城
新北市淡水區英專路151號商管大樓3樓

ISBN 978-957-8736-72-6